W0398088

Soleil Levant

ZORN & DIRNA

#1 LES LAMINOIRS

Scénario Jean-David MORVAN
Sur une histoire originale de Jean-David Morvan & Yann Legal

Dessin Bruno BESSADI & Vincent TRANNOY

Couleurs COLOR TWINS

Des mêmes auteurs

Chez Soleil

Zorn & Dirna
Dessin de Bessadi et Trannoy
Tome 1 : Les Laminoirs
Tome 2 : Le Dauphin et le Renard

De Morvan

Chez Soleil

Sir Pyle
Dessin de Munuera
Tome 1 : Mythecin généraliste
Tome 2 : Mauvais Souvenirs
Dessin de Munuera & Cruz
Tome 3 : Rien ne se perd...

Chez L'Âge de Pierre, Paul ou Jacques

Les Préhistos... ou Tard
Dessin de Ketchup
1 tome paru

Chez Dargaud

Al Togo
Dessin de Savoia
1 tome paru

Fléau.World
Dessin de Jab Jab Whamo
1 tome paru

Merlin
(à la suite de Sfar)
Dessin de Munuera
1 tome paru

Reality-Show
Dessin de Porcel
1 tome paru

Les Routes d'Eldorado
(adaptation des dialogues)
Dessin de Dreamworks et Munuera
1 tome paru

Chez Delcourt

Le Cycle de Tschaï
(d'après Jack Vance)
Dessin de Li-an
4 tomes parus

Lord Clancharlie
(d'après "L'Homme qui rit" de Victor Hugo)
Dessin de Delestret
1 tome paru

La Mandiguerre
Dessin de Tamiazzo
2 tomes parus

La Quête des Réponses
Dessin de Buchet
1 tome paru

7 secondes
Dessin de Parel
2 tomes parus

Sillage
Dessin de Buchet
5 tomes parus

Sillage Hors série
Dessin de Buchet et Dragan
1 tome paru

Troll
Dessin de Sfar et Boiscommun puis de Labourot et Lerolle
4 tomes parus

Trop de Bonheur
Dessin de Lejeune
1 tome paru

Chez Glénat

HK
Dessin de "Trantkat" Hérault
4 tomes parus

Je Suis Morte
Dessin de Némiri
1 tome paru

Nomad
Dessin de Savoia et Buchet
5 tomes parus

Chez Vents d'Ouest

Jolin La Teigne
Dessin de Ruben
1 tome paru

Chez Zenda

Bunker Baby Doll
Dessin de Jarzaguet
2 tomes parus

Horde
Dessin de Jab Jab Whamo
1 tome paru

Reflets perdus
Dessin de Savoia
1 tome paru

Une collection dirigée par Jean Wacquet
© GÉRONIMO / MORVAN / BESSADI / TRANNOY / COLOR TWINS
Soleil Productions
247, avenue de la République
83000 Toulon - France

Bureaux parisiens
81, Bd Richard Lenoir - 75011 Paris - France

Dépôt légal juin 2003 - ISBN : 2 - 84565 - 466 - 9

Tous droits de traduction, d'adaptation
et de reproduction strictement réservés pour tous pays.

Conception et réalisation graphique : Didier Gonord pour Soleil.

Impression : Lesaffre - Tournai - Belgique

APPROCHEZ BRAVES GENS... APPROCHEZ !!
REGROUPEZ-VOUS N'AYEZ CRAINTE ! VOUS NE LE REGRETTEREZ PAS !
LAISSEZ-MOI VOUS CONTER LA PLUS TERRIFIANTE CHRONIQUE DE TOUS LES TEMPS !
OYEZ LA MACABRE TRAGÉDIE QUI PRIVA NOTRE MONDE DE L'ANGOISSANTE MAIS SALUTAIRE PRÉSENCE DE...
LA MORT !!

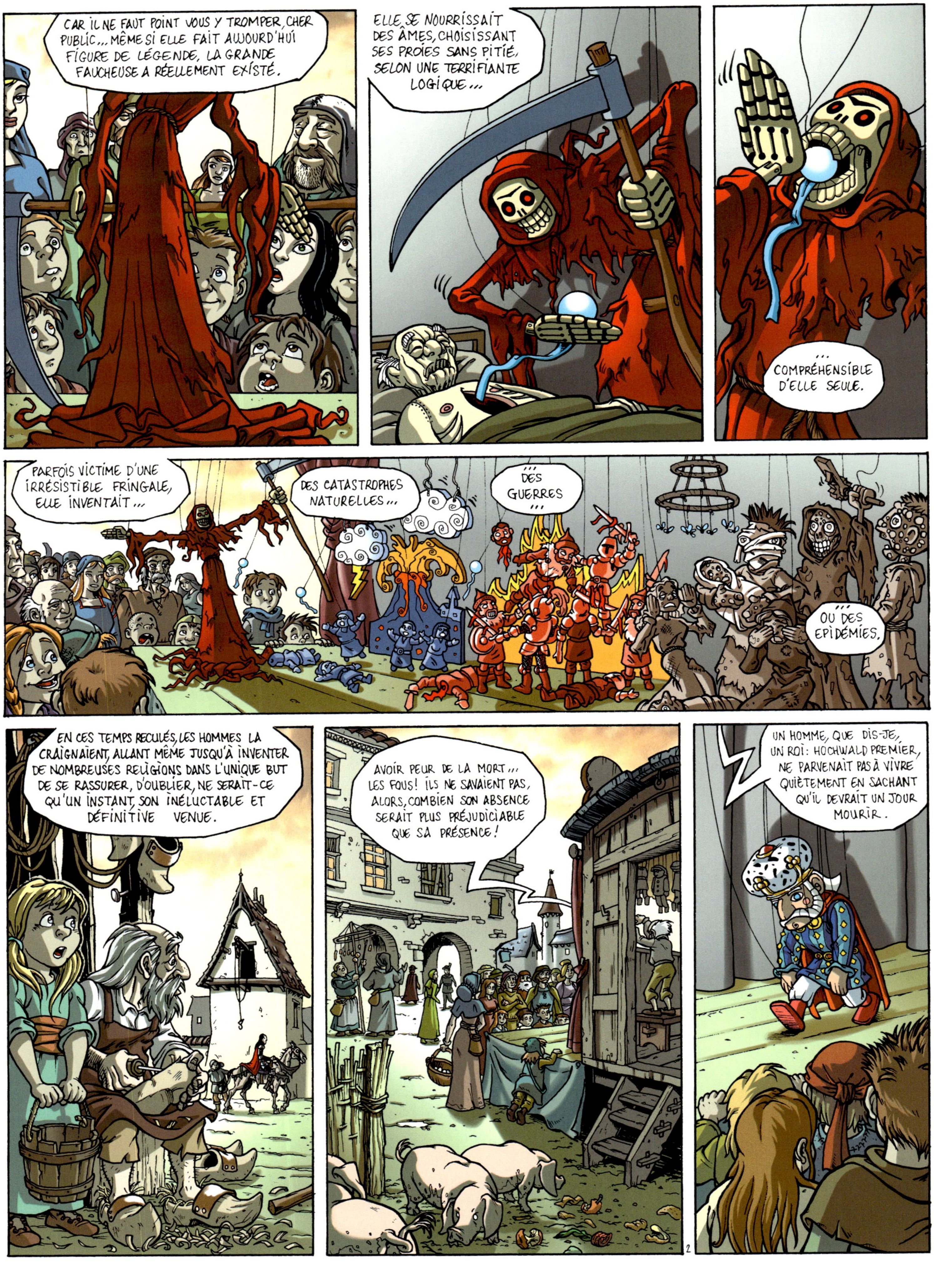
CAR IL NE FAUT POINT VOUS Y TROMPER, CHER PUBLIC... MÊME SI ELLE FAIT AUJOURD'HUI FIGURE DE LÉGENDE, LA GRANDE FAUCHEUSE A RÉELLEMENT EXISTÉ.
ELLE SE NOURRISSAIT DES ÂMES, CHOISISSANT SES PROIES SANS PITIÉ, SELON UNE TERRIFIANTE LOGIQUE...
... COMPRÉHENSIBLE D'ELLE SEULE.
PARFOIS VICTIME D'UNE IRRÉSISTIBLE FRINGALE, ELLE INVENTAIT...
DES CATASTROPHES NATURELLES...
... DES GUERRES ...
... OU DES EPIDÉMIES.
EN CES TEMPS RECULÉS, LES HOMMES LA CRAIGNAIENT, ALLANT MÊME JUSQU'À INVENTER DE NOMBREUSES RELIGIONS DANS L'UNIQUE BUT DE SE RASSURER, D'OUBLIER, NE SERAIT-CE QU'UN INSTANT, SON INÉLUCTABLE ET DÉFINITIVE VENUE.
AVOIR PEUR DE LA MORT... LES FOUS! ILS NE SAVAIENT PAS, ALORS, COMBIEN SON ABSENCE SERAIT PLUS PRÉJUDICIABLE QUE SA PRÉSENCE!
UN HOMME, QUE DIS-JE, UN ROI: HOCHWALD PREMIER, NE PARVENAIT PAS À VIVRE QUIÈTEMENT EN SACHANT QU'IL DEVRAIT UN JOUR MOURIR.

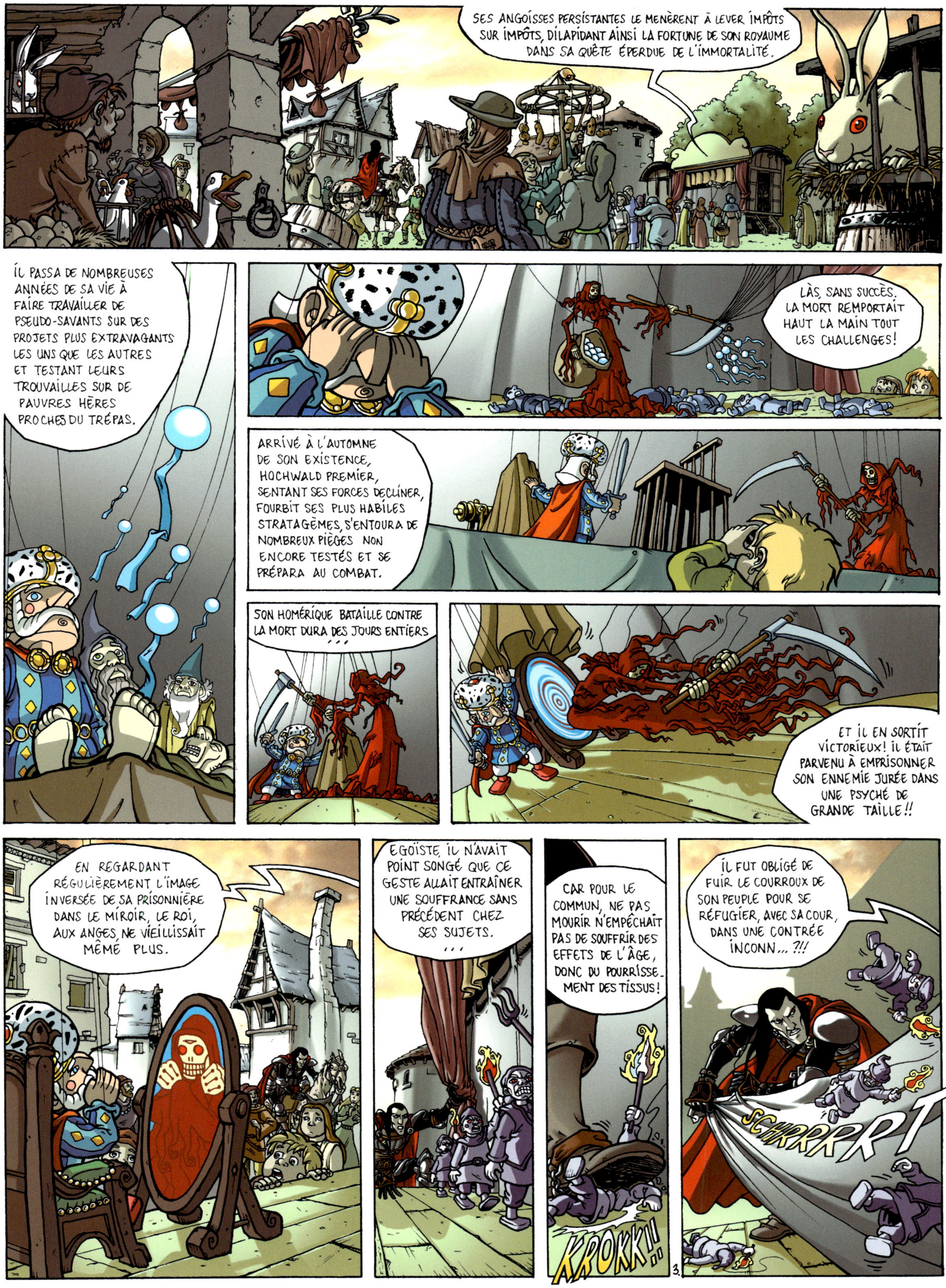
SES ANGOISSES PERSISTANTES LE MENÈRENT À LEVER IMPÔTS SUR IMPÔTS, DILAPIDANT AINSI LA FORTUNE DE SON ROYAUME DANS SA QUÊTE ÉPERDUE DE L'IMMORTALITÉ.
IL PASSA DE NOMBREUSES ANNÉES DE SA VIE À FAIRE TRAVAILLER DE PSEUDO-SAVANTS SUR DES PROJETS PLUS EXTRAVAGANTS LES UNS QUE LES AUTRES ET TESTANT LEURS TROUVAILLES SUR DE PAUVRES HÈRES PROCHES DU TRÉPAS.
LÀS, SANS SUCCÈS. LA MORT REMPORTAIT HAUT LA MAIN TOUT LES CHALLENGES!
ARRIVÉ À L'AUTOMNE DE SON EXISTENCE, HOCHWALD PREMIER, SENTANT SES FORCES DÉCLINER, FOURBIT SES PLUS HABILES STRATAGÈMES, S'ENTOURA DE NOMBREUX PIÈGES NON ENCORE TESTÉS ET SE PRÉPARA AU COMBAT.
SON HOMÉRIQUE BATAILLE CONTRE LA MORT DURA DES JOURS ENTIERS ...
ET IL EN SORTIT VICTORIEUX! IL ÉTAIT PARVENU À EMPRISONNER SON ENNEMIE JURÉE DANS UNE PSYCHÉ DE GRANDE TAILLE!!
EN REGARDANT RÉGULIÈREMENT L'IMAGE INVERSÉE DE SA PRISONNIÈRE DANS LE MIROIR, LE ROI, AUX ANGES, NE VIEILLISSAIT MÊME PLUS.
ÉGOÏSTE, IL N'AVAIT POINT SONGÉ QUE CE GESTE ALLAIT ENTRAÎNER UNE SOUFFRANCE SANS PRÉCÉDENT CHEZ SES SUJETS. ...
CAR POUR LE COMMUN, NE PAS MOURIR N'EMPÊCHAIT PAS DE SOUFFRIR DES EFFETS DE L'ÂGE, DONC DU POURRISSEMENT DES TISSUS!
KROKK!!
IL FUT OBLIGÉ DE FUIR LE COURROUX DE SON PEUPLE POUR SE RÉFUGIER, AVEC SA COUR, DANS UNE CONTRÉE INCONN... ?!!
SCHRRRRRT
3.

MAIS, ENFIN, QUE... QU'EST-CE QUI VOUS A PRIS ?!!
NUL NE M'A PRIS, VIEUX BOUGRE. ON M'A ENGAGÉ, C'EST DIFFÉRENT!
ENGAGÉ? MAIS DANS QUEL BUT? POUR CASSER MON THÉÂTRE ?!
NE FAIS PAS SEMBLANT DE NE PAS COMPRENDRE. JE SUIS SÛR QUE TU M'AS RECONNU ET QUE TU TREMBLES DE PEUR. JE SUIS LE CÉLÈBRE SELDNÖR !!
JE NE VOUS COMPRENDS PAS, MALOTRU! ALORS, DITES-MOI LA RAISON DE CE GACHIS !!
IL SUFFIT!
JE SUIS LE PLUS GRAND CHASSEUR DE ZOMBIES DU ROYAUME ...
... ET JE SUIS VENU T'AMENER AUX LAMINOIRS!
AUX LAMINOIRS? MAIS JE...
POURQUOI? JE NE SUIS PAS ENCORE POURRISSANT!
SHRRRT!
ET CES NÉCROSES, MARIOLE, C'EST DU MAQUILLAGE?!
ALORS, ÉCOUTE-MOI BIEN, MAINTENANT!! C'EST TA CHARMANTE FAMILLE QUI M'A PAYÉ POUR QUE JE T'EMPORTE!

VOUS ?!
MAIS POURQUOI ?
TU SAIS, PAPA, TU AS DÉJÀ 132 ANS ET TU AURAIS DÛ ÊTRE LAMINÉ DEPUIS BELLE LURETTE ! ON NE VEUT PLUS PRENDRE DE RISQUE AVEC LA JUSTICE EN TE CACHANT. C'EST MIEUX POUR TOUT LE MONDE, TU COMPRENDS ?
MAUDITS ! JE SAIS MAINTENANT POURQUOI VOUS AVEZ VOULU QUE J'ENSEIGNE TOUTES LES FICELLES DU MÉTIER À VOTRE REJETON, IL PEUT ME REMPLACER DÉSORMAIS, JE NE SERS PLUS À RIEN !!
ALLEZ, PAPY ASSEZ DÉBLATÉRÉ. IL FAUT ME SUIVRE.
VA FALLOIR VENIR ME CHERCHER. VOUS NE ME FAITES PAS PEUR !!
VOUS SAVEZ QUE SI VOUS ME TRANCHEZ LA TÊTE, MON ÂME VIENDRA S'INSÉRER DANS VOTRE ESPRIT !
KRÂK !!
ET VOUS POUVEZ COMPTER SUR MOI POUR VOUS TOURMENTER SANS FIN !!
TU ME DÉÇOIS, VIEUX...
SNIKT !
KLAKT
KLANG
KLANG
... JE SUIS UN PROFESSIONNEL, TU SAIS !
5.

PLUS VITE, LES GARDES VONT NOUS RATTRAPER !
EH BIEN, LAISSONS-LES FAIRE, CETTE FUITE EST VAINE...
TU AS ENVIE QU'ON SE RETROUVE DE NOUVEAU ACCROCHÉS AUX LAMINOIRS, TOI ?
C'EST VRAI, ON A DÉJÀ EU ASSEZ DE MAL À S'EN ÉCHAPPER !
PEUT-ÊTRE, MAIS AU MOINS, ILS NOURRISSAIENT NOTRE CORPS !
MOI, ÇA ME STRESSAIT DE TRANCHER DES TÊTES À TOUR DE BRAS !
BOARF, MOI, J'AIMAIS BIEN.
C'ÉTAIT MOINS FATIGANT QUE DE COURIR !
ET PUIS, ÇA NOUS AMENAIT DE NOUVEAUX AMIS !
AÏE ! JE SENS QUE LES FEMMES VONT REPRENDRE LE CONTRÔLE...
6

QUEL JOLI PAYSAGE...
TOUT À FAIT CHARMANT.
NOUS SERONS TOUT DE MÊME PLUS PRÉSENTABLES COMME ÇA.
FAIS UN DOUBLE OURLET, PLUTÔT...
ÇA N'EST TOUT DE MÊME PAS SIMPLE DE VIVRE DANS CE CORPS DE BRUTE.
À QUI LE DITES-VOUS...
SURTOUT AVEC CES LOURDAUDS DE MÂLES QUI ESSAYENT TOUJOURS DE PRENDRE LE DESSUS SUR NOUS !!
AH! QUELLE DÉLICIEUSE SENSATION!
SE SENTIR PROPRE, IL N'YA RIEN DE MIEUX...
À PART PEUT-ÊTRE...
RENDS-TOI!
TU N'AS PAS LA MOINDRE CHANCE DE T'EN TIRER, CETTE FOIS!
LES GARDES DES LAMINOIRS!
ILS SONT NOMBREUX...
ET ARMÉS!
NOUS N'AVONS AUCUNE CHANCE.
C'EST CE QU'ON VA VOIR.
LAISSEZ LA PLACE AUX HOMMES, DONNEUSES!!

BLEUUUAAARG!!
TENTEZ DE L'IMMOBILISER SANS TROP L'ABÎMER.
ET N'OUBLIEZ PAS QUE SI L'UN D'ENTRE VOUS "TUE" SON CORPS, IL HÉRITERA DE TOUTES LES "ÂMES" QU'IL CONTIENT !
HAAA!
ALORS, MAÎTRISEZ BIEN VOS COUPS.
...
SI... SI VOUS FAITES ÇA JE ...
MON ÂME VOUS ...
BAH, UNE DE PLUS OU DE MOINS ...
MOOOOOOOOOOOOOOON
TAIS-TOI MAINTENANT. ON A BESOIN DE CONCENTRATION !

OW!
FIIIIT
GNNNN!!!
THUMP
THUMP
THUMP

ON LE FAIT BIEN LE MIROIR MAINTENANT, HEIN ?
PEUT-ÊTRE MAIS ON EST QUAND MÊME PAS PAREIL, TOI T'AS FÉLIS ET PAS MOI ! DONNE-LE
NAN ! C'EST MOI QUI L'AI TROUVÉ, IL Y A LONGTEMPS
PASSE, J'LE VEUX !!
ZORN, DIRNA, CALMEZ-VOUS DE SUITE ! JE NE LE RÉPÈTERAI PAS !
D'AILLEURS, REJOIGNEZ-MOI DANS LA CRYPTE. ET AMENEZ VOTRE CHAT !
MON CHAT ...
LE MIEN AUSSI D'ABORD ...

J'AIMERAIS UNE BONNE FOIS POUR TOUTES QUE VOUS ARRÊTIEZ DE VOUS CHAMAILLER.
HONNÊTEMENT, CE N'EST PLUS VIVABLE.
PROMIS MAÎTRE ERKEN.
MOI AUSSI, MAIS C'EST ZORN QUI...
MENTEUSE !
BON, IL SUFFIT DÉSORMAIS !
SUIVEZ-MOI PLUTÔT !
BRRR... J'AIME VRAIMENT PAS ICI.

ALLONS ZORN, NE SOIS PAS CRAINTIF, VOYONS. VOUS ALLEZ VITE COMPRENDRE CE QUE J'ATTENDS DE VOUS.
PRIMO VOUS ALLEZ TOUCHER CE CHAT. C'EST ÇA, UNE MAIN CHACUN !
SECUNDO. CONCENTREZ-VOUS BIEN. REPENSEZ À TOUT CE QUE JE VOUS AI APPRIS. VOUS DEVEZ DÉSIRER QUE L'ÂME DE CE CHAT QUITTE SON CORPS.
OH NON MAÎTRE ...
... S'IL VOUS PLAÎT ...
... MOI, JE N'AI PAS BIEN ENVIE ...
... QUE FÉLIS IL ...
... MEURE.

QUE... INCROYABLE! VOUS Y ÊTES ARRIVÉS!!
ENFIN!!
VOUS L'AVEZ TUÉ!!
TUÉ!
DANS MES BRAS MON ENFANT, C'EST FORMIDABLE!! IL EST MORT!!
MORT, ÇA VEUT DIRE QU'ON NE POURRA PLUS JAMAIS JOUER AVEC LUI?
C'EST ÇA DIRNA, TU AS BIEN COMPRIS.
VIENS DIRNA C'EST PLUS RIGOLO MAINTENANT!!
ON VA RETOUCHER FÉLIS TOUS LES DEUX POUR LE RÉVEILLER!
ALLONS ZORN, IL FAUT QUE TU COMPRENNES UNE FOIS POUR TOUTE QUE FÉLIS NE DORT PAS!
TOI ET TA SOEUR, VOUS AVEZ MIS FIN À SES JOURS PAR UN SIMPLE CONTACT. PLUS RIEN NE LE FERA REVIVRE, INUTILE D'ESPÉRER.
OUI MAIS MOI JE VEUX PAS QUE FÉLIS, IL SOIT MORT!
HOU! LE BÉBÉ!! IL PLEURE, IL PLEURE!!

13

SOIS FORT, MON GARÇON. LE POU-VOIR QUI EST EN TOI, EN VOUS, EST AUSSI IMMENSE QU'UNIQUE, MAIS SES CONSÉQUENCES PEUVENT T'AFFECTER.
IL N'A RIEN D'UN JEU.
JE VOUS APPRENDRAI À L'UTILISER CORRECTEMENT. CAR TEL EST MON RÔLE DEPUIS LE DÉBUT.
SACHEZ QUE NOTRE ERMITAGE TOUCHE À SA FIN. VOUS VOILÀ AUJOURD'HUI PRÊTS À AFFRONTER VOTRE DESTIN.
JE VOUS LAISSE DEUX JOURS POUR PRÉPARER VOS AFFAIRES.
J'AI QUELQU'UN À CONTACTER ET IL LUI FAUDRA BIEN CE TEMPS-LÀ POUR NOUS REJOINDRE.
JE VOUS RAMÈNE CHEZ VOUS.
CHOUETTE!
C'EST VRAI, ON PART D'ICI? ON VA VOYAGER?
QUANT À TOI ZORN...
TU ME FERAS LE PLAISIR D'ENTERRER CETTE CARCASSE.
IL EST TEMPS POUR TOI D'APPRENDRE À FAIRE LE DEUIL DU PASSÉ!

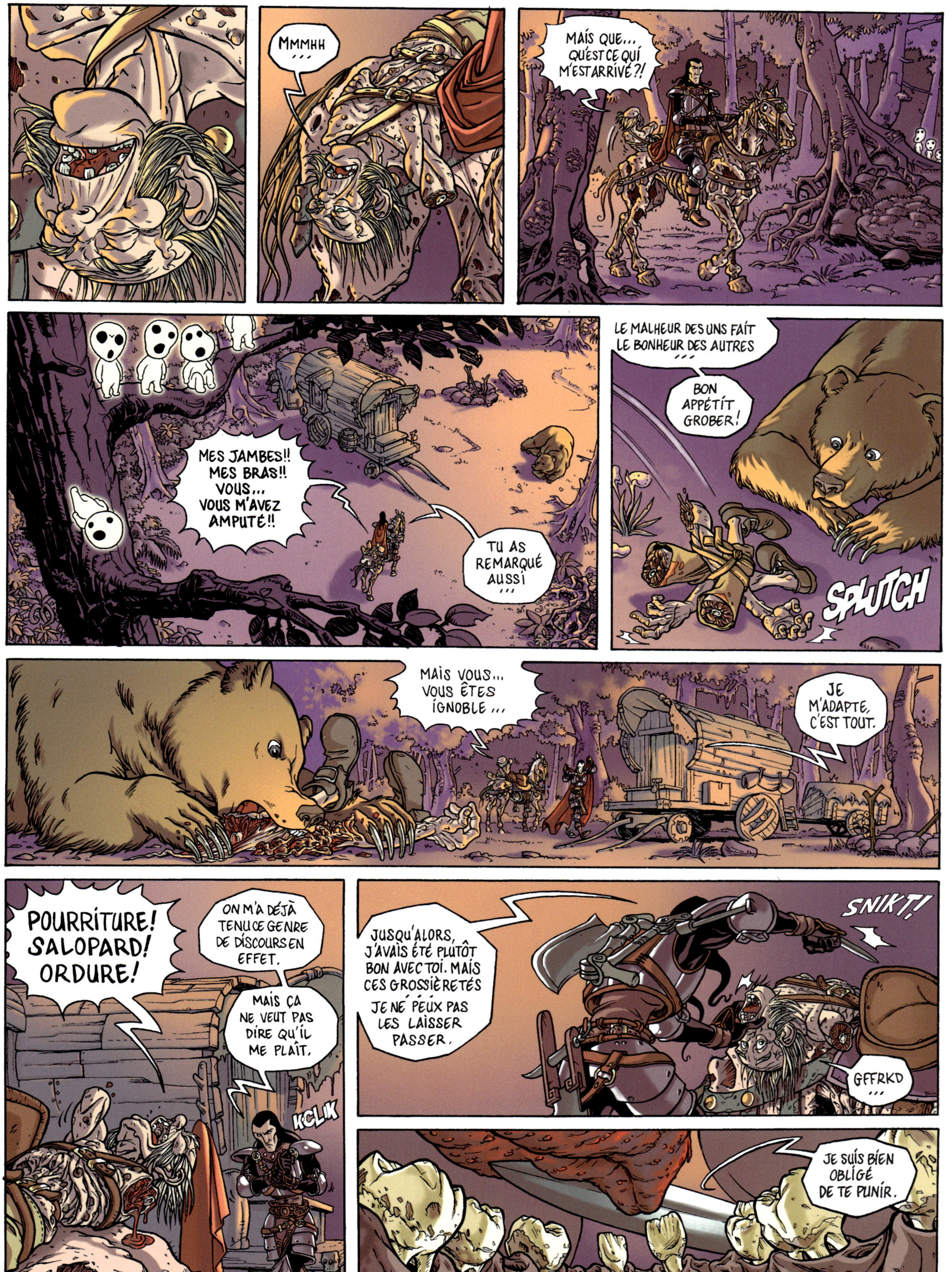
MMMHH ...
MAIS QUE... QU'EST CE QUI M'EST ARRIVÉ ?!
MES JAMBES!! MES BRAS!! VOUS... VOUS M'AVEZ AMPUTÉ!!
TU AS REMARQUÉ AUSSI ...
LE MALHEUR DES UNS FAIT LE BONHEUR DES AUTRES ...
BON APPÉTIT GROBER!
SPLUTCH
MAIS VOUS... VOUS ÊTES IGNOBLE ...
JE M'ADAPTE, C'EST TOUT.
POURRITURE! SALOPARD! ORDURE!
ON M'A DÉJÀ TENU CE GENRE DE DISCOURS EN EFFET.
MAIS ÇA NE VEUT PAS DIRE QU'IL ME PLAÎT.
KCLIK
JUSQU'ALORS, J'AVAIS ÉTÉ PLUTÔT BON AVEC TOI. MAIS CES GROSSIÈRETÉS JE NE PEUX PAS LES LAISSER PASSER.
SNIKT!
GFFRKD ...
JE SUIS BIEN OBLIGÉ DE TE PUNIR.
15

16

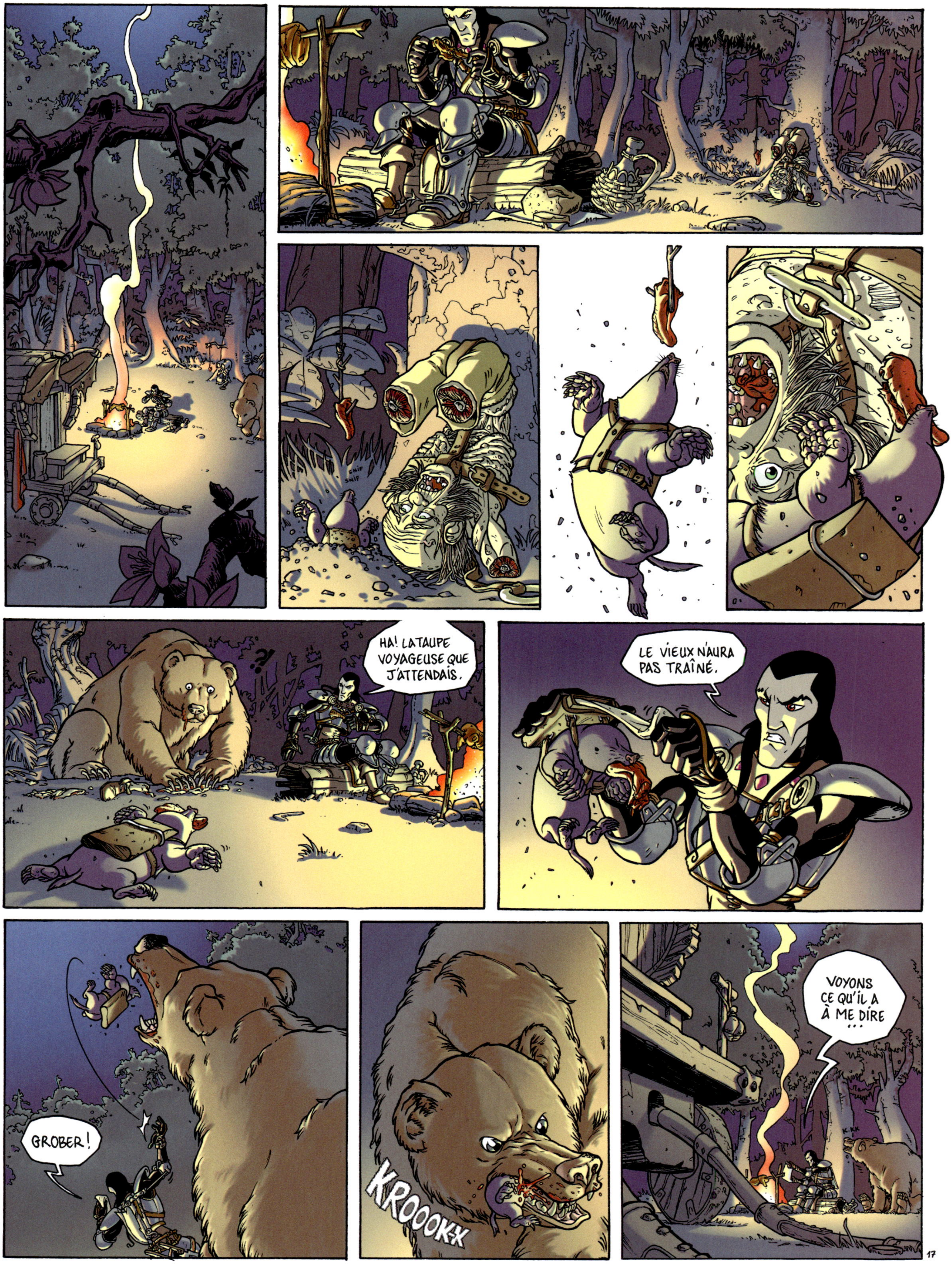
HA! LA TAUPE VOYAGEUSE QUE J'ATTENDAIS.
LE VIEUX N'AURA PAS TRAÎNÉ.
GROBER!
KROOOKK
VOYONS CE QU'IL A À ME DIRE...

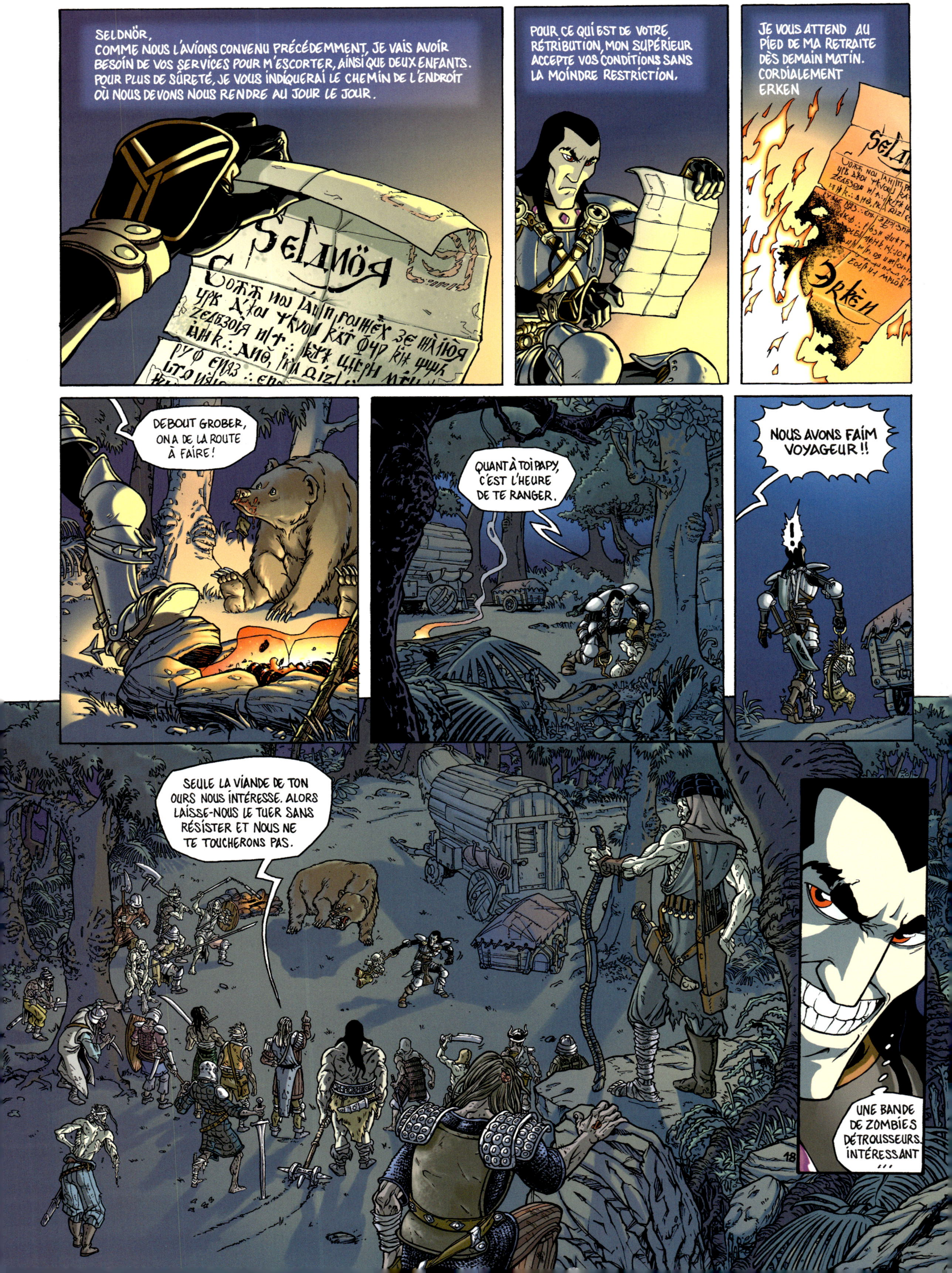
SELDNÖR,
COMME NOUS L'AVIONS CONVENU PRÉCÉDEMMENT, JE VAIS AVOIR BESOIN DE VOS SERVICES POUR M'ESCORTER, AINSI QUE DEUX ENFANTS. POUR PLUS DE SÛRETÉ, JE VOUS INDIQUERAI LE CHEMIN DE L'ENDROIT OÙ NOUS DEVONS NOUS RENDRE AU JOUR LE JOUR.
Seldnör
POUR CE QUI EST DE VOTRE RÉTRIBUTION, MON SUPÉRIEUR ACCEPTE VOS CONDITIONS SANS LA MOINDRE RESTRICTION.
JE VOUS ATTEND AU PIED DE MA RETRAITE DÈS DEMAIN MATIN.
CORDIALEMENT
ERKEN
Erken
DEBOUT GROBER, ON A DE LA ROUTE À FAIRE !
QUANT À TOI PAPY, C'EST L'HEURE DE TE RANGER.
NOUS AVONS FAIM VOYAGEUR !!
!
SEULE LA VIANDE DE TON OURS NOUS INTÉRESSE. ALORS LAISSE-NOUS LE TUER SANS RÉSISTER ET NOUS NE TE TOUCHERONS PAS.
UNE BANDE DE ZOMBIES DÉTROUSSEURS. INTÉRESSANT ...
18

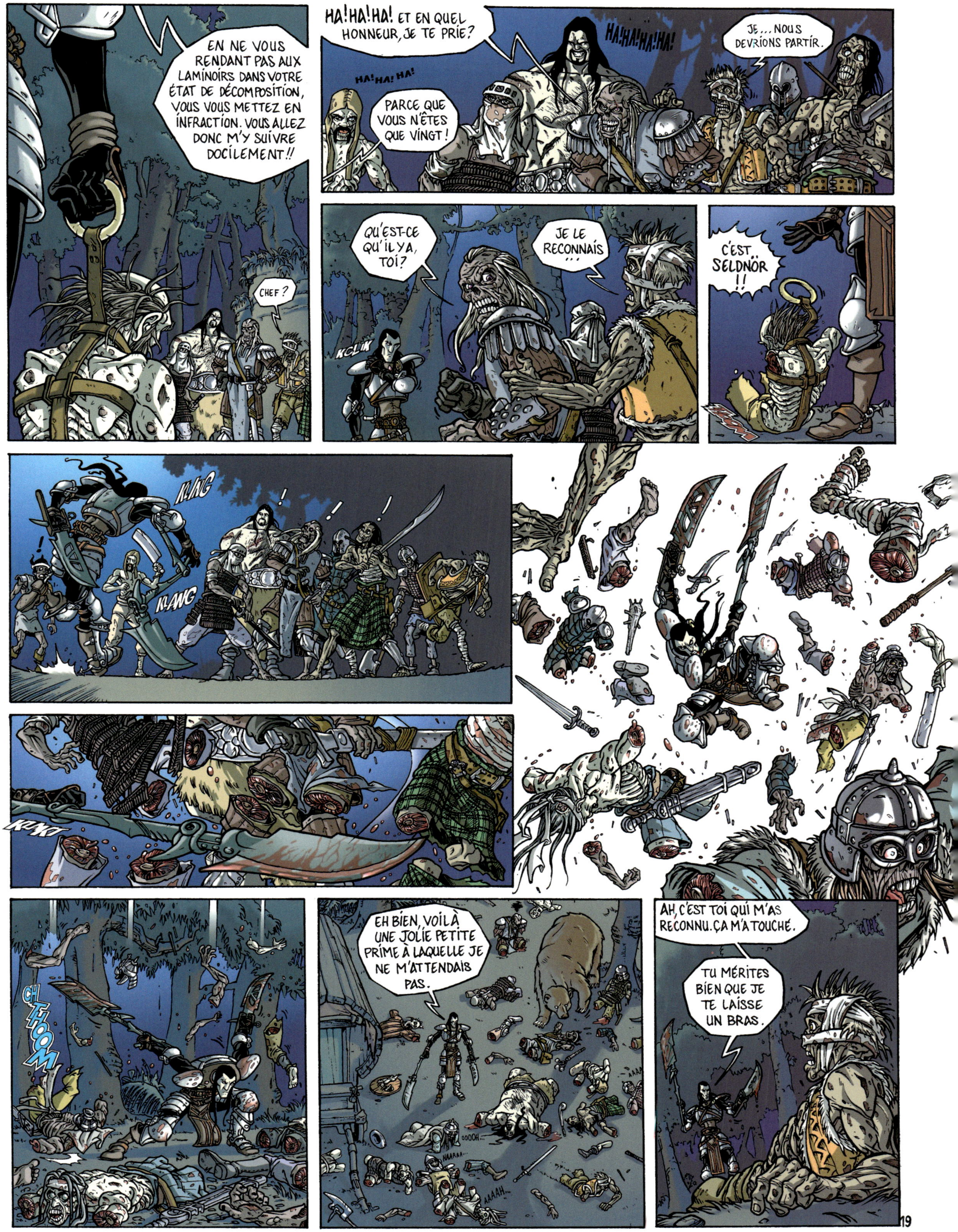

EN NE VOUS RENDANT PAS AUX LAMINOIRS DANS VOTRE ÉTAT DE DÉCOMPOSITION, VOUS VOUS METTEZ EN INFRACTION. VOUS ALLEZ DONC M'Y SUIVRE DOCILEMENT !!
CHEF ?
HA! HA! HA! ET EN QUEL HONNEUR, JE TE PRIE ?
HA! HA! HA!
HA! HA! HA!
PARCE QUE VOUS N'ÊTES QUE VINGT !
JE... NOUS DEVRIONS PARTIR.
QU'EST-CE QU'IL YA, TOI ?
JE LE RECONNAIS ...
KCLIK
C'EST SELDNÖR !!
KLING
KLANG
KLANG
EH BIEN, VOILÀ UNE JOLIE PETITE PRIME À LAQUELLE JE NE M'ATTENDAIS PAS.
AH, C'EST TOI QUI M'AS RECONNU. ÇA M'A TOUCHÉ.
TU MÉRITES BIEN QUE JE TE LAISSE UN BRAS.

J'FAIS CE QUE JE VEUX, D'ABORD.
J'M'EN FICHE D'ERKEN, C'EST MÊME PAS MON PÈRE.
S'IL M'EMBÊTE ENCORE, J'DEMANDERAI À MON PÈRE DE LE PUNIR QUAND JE LE RENCONTRERAI ENFIN.
ET ERKEN, IL AURA L'AIR BÊTE! CE SERA BIEN FAIT POUR...
ZORN, PRESSE-TOI UN PEU. NOUS PARTONS!
JE SUIS PRÊT, MAÎTRE, J'ARRIVE!
PARDON MAÎTRE, C'EST JUSTE PARCE QUE J'AVAIS OUBLIÉ DE RANGER MON...
NE TE FATIGUE PAS, VA, JE TE CONNAIS.
ALLEZ, PASSE-MOI TON SAC, IL EST PLUS GROS QUE TOI.
HEY, ZORN, VIENS VOIR STEUPL'!!
NE T'ÉLOIGNE PAS, JE VAIS PRÉPARER LA NACELLE POUR LA DESCENTE.
REGARDE CE QUE J'AI TROUVÉ!!
OUI, C'EST UN NID PLEIN D'OISILLONS ...ET ALORS?
DIS, TU VOUDRAIS PAS QU'ON LES TUE?
JE... PAS VRAIMENT... POUR QUOI FAIRE, D'ABORD?
PARCE QUE C'EST RIGOLO.
ET PIS AUSSI POUR VOIR SI ÇA MARCHE ENCORE!

JE SAÍS PAS SÍ ...
ALLEZ !! TU N'AS QU'À LES TOUCHER, JE M'OCCUPE DE VOULOIR QU'ÍLS MEURENT.
STEUPL !
GÉNÍAL !! C'EST NOUS LES PLUS FORTS !
ALLEZ, ON FAIT PAREÍL AVEC LES AUTRES !
ZORN, DÍRNA ! NOUS PARTONS !
ENCORE UNE MÍNUTE, MAÎTRE ! ON VOUDRAÍT BÍEN PROGRESSER AVEC NOS POUVOÍRS ET ...
PAS QUESTÍON. NOTRE GARDE DU CORPS ARRÍVERA BÍENTÔT, JE NE VEUX PAS LE MANQUER.
ET PUÍS, VOUS N'APPRENDREZ RÍEN EN TUANT DES ANÍMAUX.
LEUR ÂME EST TELLEMENT ÍNFÍME QU'ELLE N'ÍMPRESSÍONNE MÊME PAS L'ESPRÍT DE LEURS "TUEURS".
S'ÍL VOUS PLAAAÂÍT... ENCORE UN, AU MOÍNS !
ÇA SUFFÍT, LES CAPRÍCES, MAÍNTENANT !! EN AVANT, J'AÍ DÍT !

IIIIKK
IIIK IIK IK
MAIS ...
QU'EST-CE QUE C'EST QUE CETTE ODEUR DE CHAROGNE ?
ZORN!
PASSE-MOI TON SAC TOUT DE SUITE.
J'AURAIS DÛ M'EN DOUTER.
TU ME DÉÇOIS, ZORN, VRAIMENT.
FÉLIS, NOOONN!
ÇA TE SERVIRA DE LEÇON!
TU ES MÉCHANT! MÉCHANT!!
IL A RAISON, MON FRÈRE!
QU'EST-CE QUE...?!
22

C'EST CELUI QUI LE DIT QUI Y EST !!
T'AVAIS QU'À PAS NOUS EMPÊCHER DE NOUS AMUSER !
DIRNA...
JE CROIS QU'ON A FAIT UNE BÊTISE.
C'EST MÊME PAS VRAI !! IL L'A BIEN MÉRITÉ, IL ÉTAIT VILAIN !
GNNN!!!
C'EST TROP DUR, J'Y ARRIVERAI JAMAIS.
ÇA... ÇA VEUT DIRE QU'ON POURRA PAS RETOURNER DORMIR DANS NOTRE CHAMBRE... NI TUER LES DERNIERS OISILLONS ?...
BEN, ENTRE AUTRE...
MAIS... MOI J'VEUX PAS RESTER ICI POUR TOUJOUUUURS !!
CALME-TOI, SOEURETTE.
ON VA TROUVER UNE SOLUTION.
J'TE L'JURE.

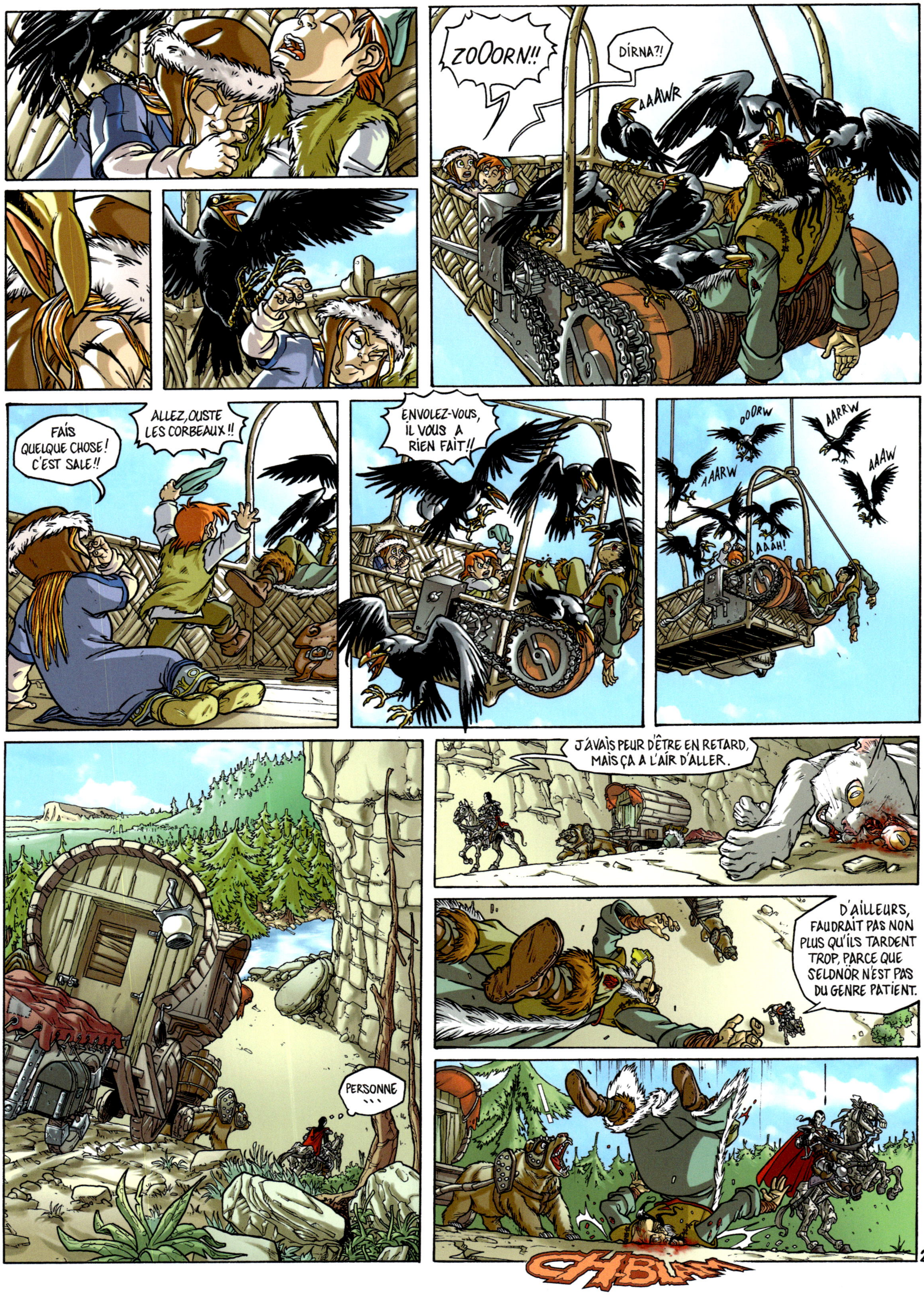
ZOOORN!!
DIRNA?!
AAAWR
FAIS QUELQUE CHOSE ! C'EST SALE !!
ALLEZ, OUSTE LES CORBEAUX !!
ENVOLEZ-VOUS, IL VOUS A RIEN FAIT !!
OOORW
AARRW
AAAW
AARRW
AAAH !
PERSONNE...
J'AVAIS PEUR D'ÊTRE EN RETARD, MAIS ÇA A L'AIR D'ALLER.
D'AILLEURS, FAUDRAIT PAS NON PLUS QU'ILS TARDENT TROP, PARCE QUE SELDNÖR N'EST PAS DU GENRE PATIENT.
CHBLAM

MAL EN POINT, L'VIEUX.
oooW
MAIS, LES MORVEUX?
Y'A DU MONDE, LÀ-HAUT?!!
NOTRE MAÎTRE, IL VOULAIT PAS QU'ON PARLE AUX ÉTRANGERS.
JE NE SUIS PAS N'IMPORTE QUI. JE M'APPELLE SELDNÖR ET IL M'A ENGAGÉ POUR VOUS CONVOYER JE NE SAIS OÙ!
OUI MONSIEUR, Y'A NOUS!
QU'EST-CE QUI S'EST PASSÉ, EXACTEMENT?!
ALORS, DESCENDEZ ME REJOINDRE TOUT DE SUITE!
MÊME SI ON VOULAIT, ON POURRAIT PAS. ON ARRIVE PAS À TOURNER LA MANIVELLE.
COMPRIS, J'ARRIVE!!
25

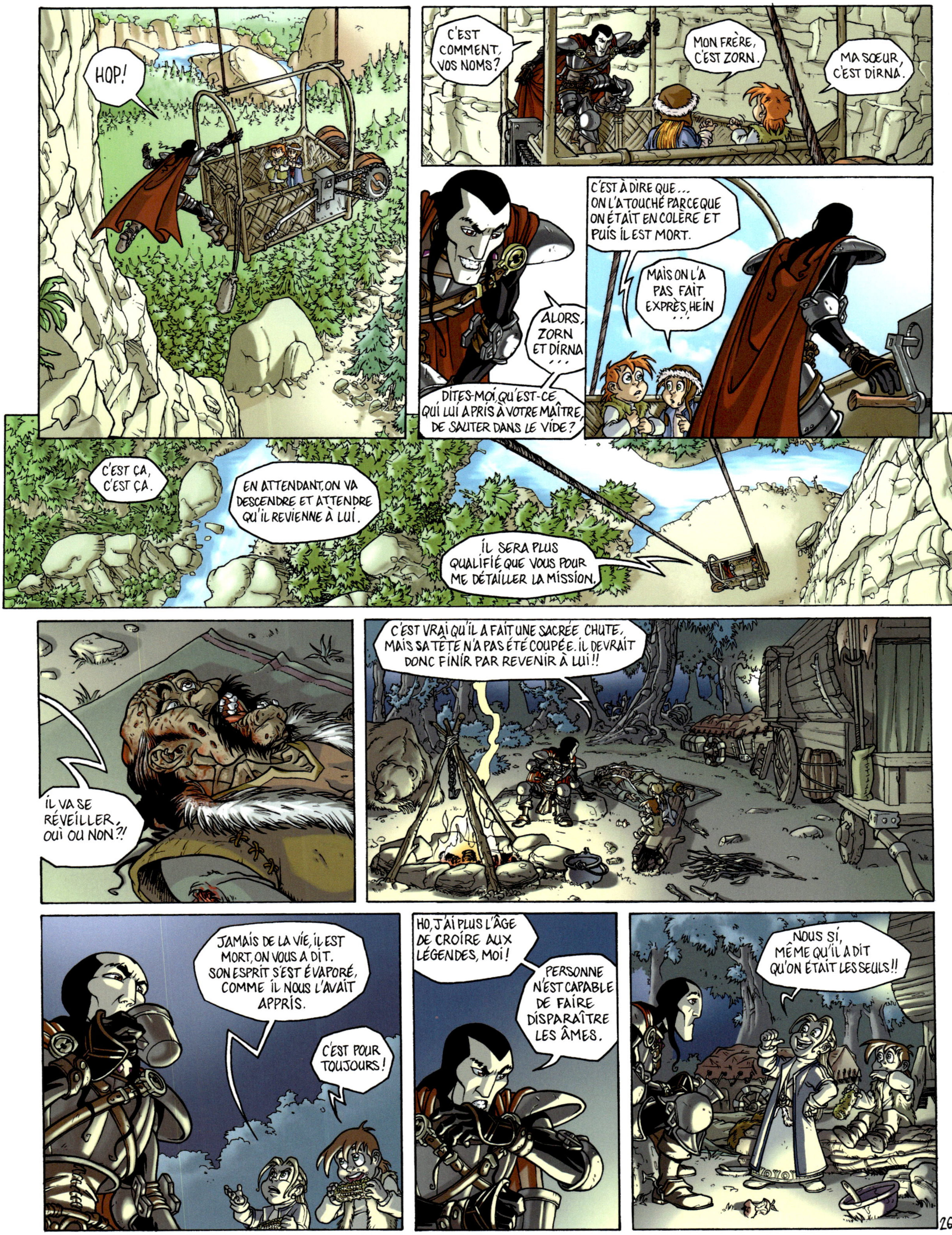
HOP!
C'EST COMMENT, VOS NOMS?
MON FRÈRE, C'EST ZORN.
MA SOEUR, C'EST DIRNA.
ALORS, ZORN ET DIRNA...
DITES-MOI, QU'EST-CE QUI LUI A APRIS À VOTRE MAÎTRE, DE SAUTER DANS LE VIDE?
C'EST À DIRE QUE... ON L'A TOUCHÉ PARCE QUE ON ÉTAIT EN COLÈRE ET PUIS IL EST MORT.
MAIS ON L'A PAS FAIT EXPRÈS, HEIN...!
C'EST ÇA, C'EST ÇA.
EN ATTENDANT, ON VA DESCENDRE ET ATTENDRE QU'IL REVIENNE À LUI.
IL SERA PLUS QUALIFIÉ QUE VOUS POUR ME DÉTAILLER LA MISSION.
IL VA SE RÉVEILLER, OUI OU NON?!
C'EST VRAI QU'IL A FAIT UNE SACRÉE CHUTE, MAIS SA TÊTE N'A PAS ÉTÉ COUPÉE. IL DEVRAIT DONC FINIR PAR REVENIR À LUI!!
JAMAIS DE LA VIE, IL EST MORT, ON VOUS A DIT. SON ESPRIT S'EST ÉVAPORÉ, COMME IL NOUS L'AVAIT APPRIS.
C'EST POUR TOUJOURS!
HO, J'AI PLUS L'ÂGE DE CROIRE AUX LÉGENDES, MOI!
PERSONNE N'EST CAPABLE DE FAIRE DISPARAÎTRE LES ÂMES.
NOUS SI, MÊME QU'IL A DIT QU'ON ÉTAIT LES SEULS!!
26

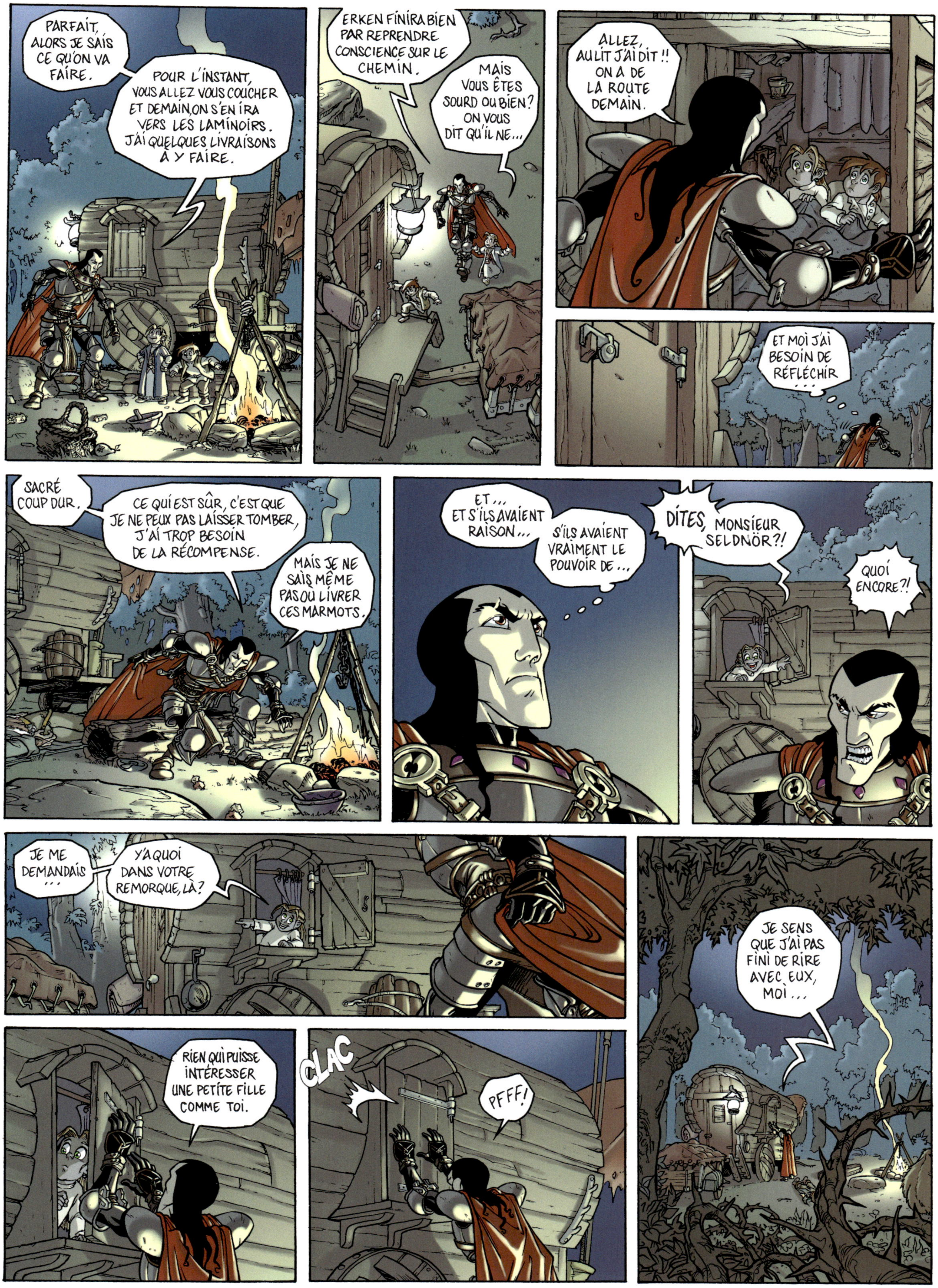
PARFAIT, ALORS JE SAIS CE QU'ON VA FAIRE.
POUR L'INSTANT, VOUS ALLEZ VOUS COUCHER ET DEMAIN, ON S'EN IRA VERS LES LAMINOIRS. J'AI QUELQUES LIVRAISONS À Y FAIRE.
ERKEN FINIRA BIEN PAR REPRENDRE CONSCIENCE SUR LE CHEMIN.
MAIS VOUS ÊTES SOURD OU BIEN? ON VOUS DIT QU'IL NE...
ALLEZ, AU LIT J'AI DIT!! ON A DE LA ROUTE DEMAIN.
ET MOI J'AI BESOIN DE RÉFLÉCHIR...
SACRÉ COUP DUR.
CE QUI EST SÛR, C'EST QUE JE NE PEUX PAS LAISSER TOMBER, J'AI TROP BESOIN DE LA RÉCOMPENSE.
MAIS JE NE SAIS MÊME PAS OÙ LIVRER CES MARMOTS.
ET... ET S'ILS AVAIENT RAISON...
S'ILS AVAIENT VRAIMENT LE POUVOIR DE...
DITES, MONSIEUR SELDNÖR?!
QUOI ENCORE?!
JE ME DEMANDAIS...
Y'A QUOI DANS VOTRE REMORQUE, LÀ?
RIEN QUI PUISSE INTÉRESSER UNE PETITE FILLE COMME TOI.
CLAC
PFFF!
JE SENS QUE J'AI PAS FINI DE RIRE AVEC EUX, MOI...
27

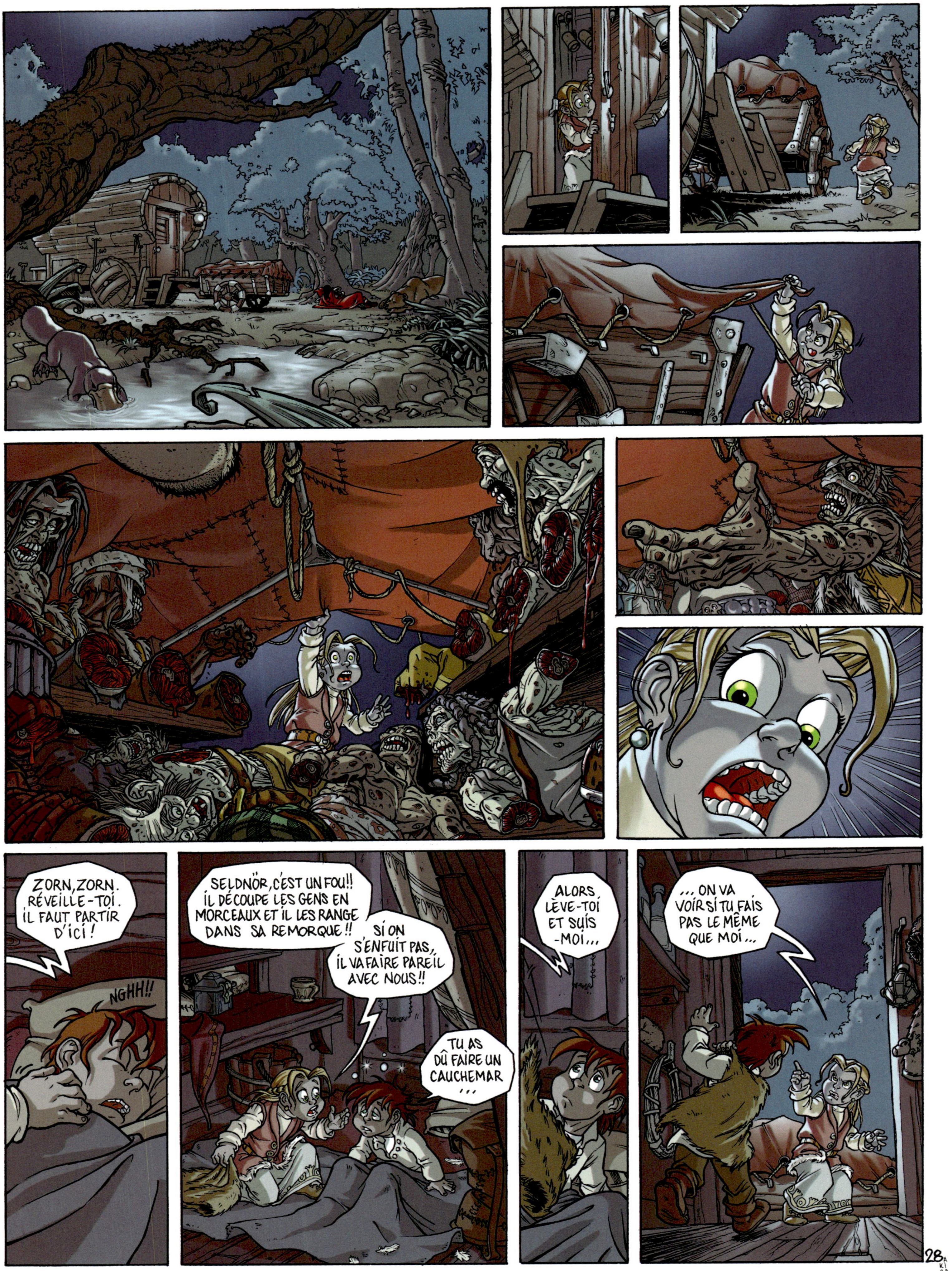
ZORN, ZORN. RÉVEILLE-TOI. IL FAUT PARTIR D'ICI !
NGHH!!
SELDNÖR, C'EST UN FOU!! IL DÉCOUPE LES GENS EN MORCEAUX ET IL LES RANGE DANS SA REMORQUE!!
SI ON S'ENFUIT PAS, IL VA FAIRE PAREIL AVEC NOUS!!
TU AS DÛ FAIRE UN CAUCHEMAR...
ALORS LÈVE-TOI ET SUIS-MOI...
... ON VA VOIR SI TU FAIS PAS LE MÊME QUE MOI...

JE SUIS FATIGUÉE, J'AI FROID, J'AI SOIF...
ET PIS J'AI PEUR!!
IL FAUT QU'ON CONTINUE ENCORE. PLUS ON SERA LOIN DE SELDNÖR, MIEUX CE SERA!
J'EN AI MARRE DE COURIR ZORN!!
AAH!!!
DIRNA!! QU'EST-CE QU'IL YA ENCORE?
JE ME SUIS TORDU LA CHEVILLE.
IL EST VRAI CE MENSONGE?
OUI, OUI, J'T'ASSURE!! IL FAUT JUSTE QUE JE RESTE UN PEU ASSISE LE TEMPS QUE ÇA PASSE.
MMH... EN ATTENDANT, JE VAIS ESSAYER DE VOIR OÙ ON EST.
HEU... TU T'ÉLOIGNES PAS TROP, D'ACCORD?
T'INQUIÈTE, JE VAIS JUSTE GRIMPER SUR CE TRONC!
TU... TU VOIS QUELQUE CHOSE?
OUI, UN CAMPEMENT EN HAUT D'UNE COLLINE, DROIT DEVANT!
OUAIIIS!! ON EST SAUVÉS!!
ET TA CHEVILLE?!!
DIRNA, ATTENDS-MOI!!

29.

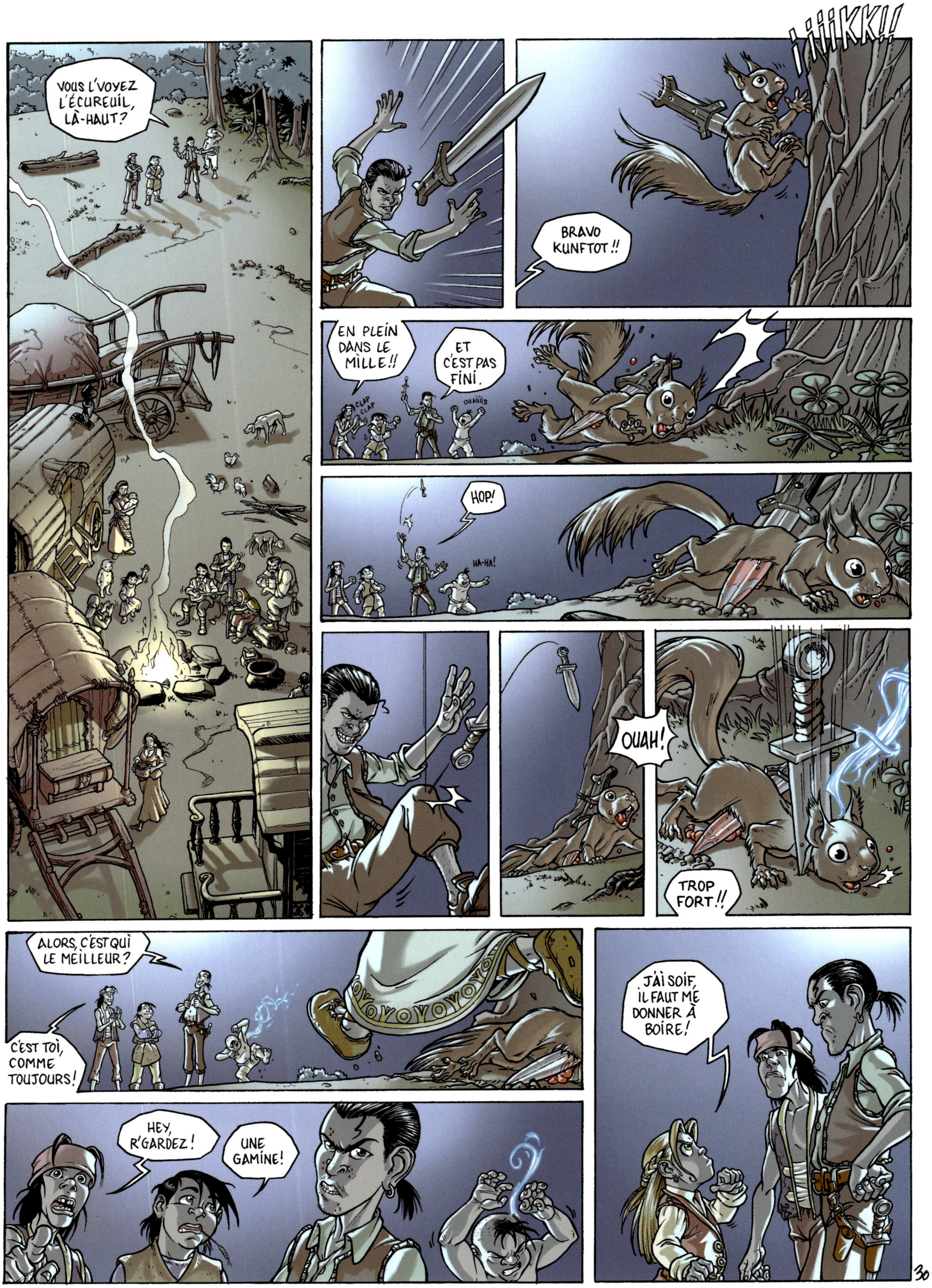
VOUS L'VOYEZ L'ÉCUREUIL, LÀ-HAUT?
¡¡¡IKK!!
BRAVO KUNFTOT!!
EN PLEIN DANS LE MILLE!!
ET C'EST PAS FINI.
CLAP CLAP
HOP!
HA-HA!
OUAH!
TROP FORT!!
ALORS, C'EST QUI LE MEILLEUR?
C'EST TOI, COMME TOUJOURS!
HEY, R'GARDEZ!
UNE GAMINE!
J'AI SOIF, IL FAUT ME DONNER À BOIRE!
30

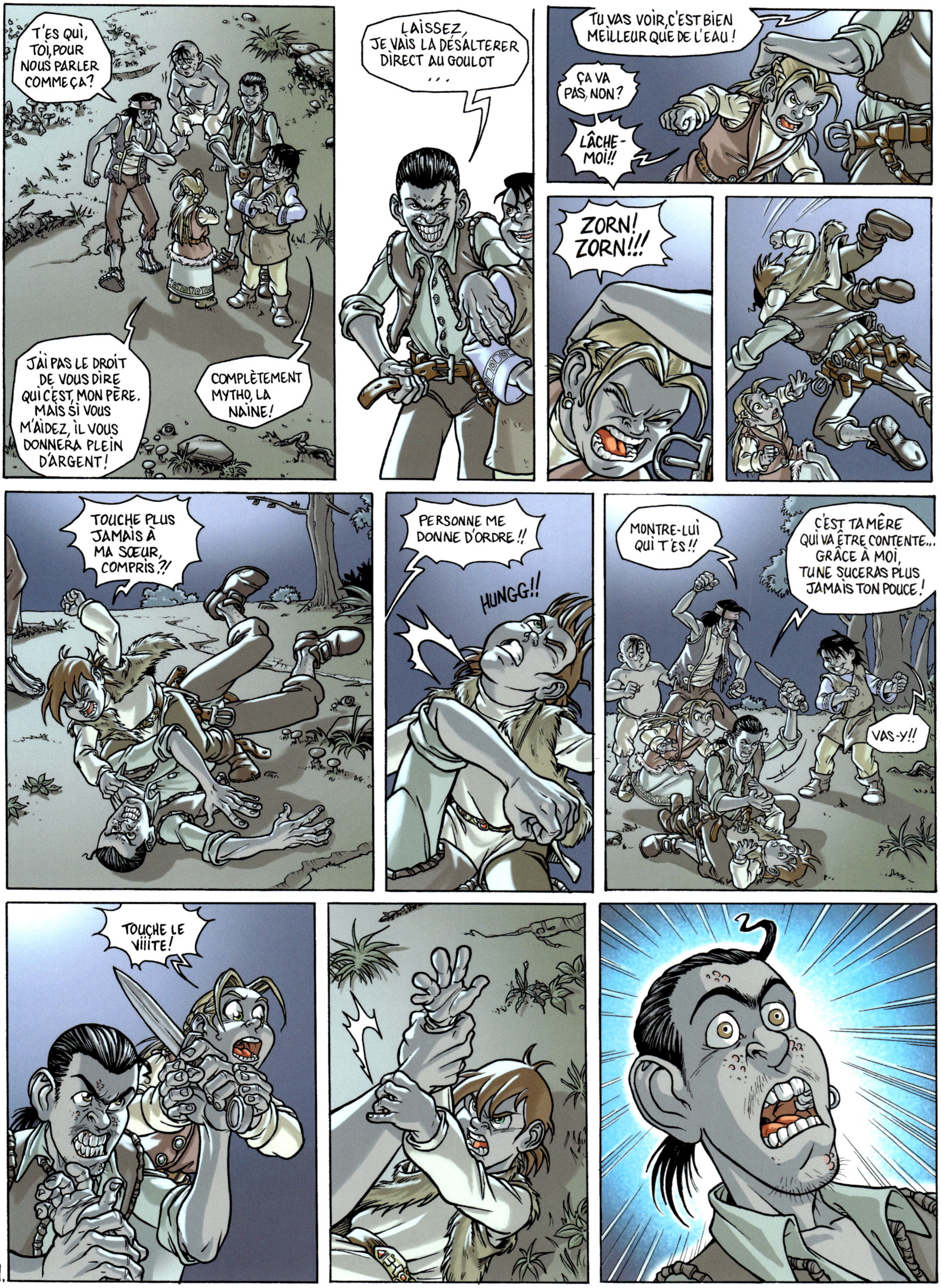
T'ES QUI, TOI, POUR NOUS PARLER COMME ÇA?
J'AI PAS LE DROIT DE VOUS DIRE QUI C'EST, MON PÈRE. MAIS SI VOUS M'AIDEZ, IL VOUS DONNERA PLEIN D'ARGENT!
COMPLÈTEMENT MYTHO, LA NAINE!
LAISSEZ, JE VAIS LA DÉSALTERER DIRECT AU GOULOT ...
TU VAS VOIR, C'EST BIEN MEILLEUR QUE DE L'EAU!
ÇA VA PAS, NON?
LÂCHE-MOI!!
ZORN! ZORN!!!
TOUCHE PLUS JAMAIS À MA SŒUR, COMPRIS?!
PERSONNE ME DONNE D'ORDRE!!
HUNGG!!
MONTRE-LUI QUI T'ES!!
C'EST TA MÈRE QUI VA ÊTRE CONTENTE... GRÂCE À MOI, TU NE SUCERAS PLUS JAMAIS TON POUCE!
VAS-Y!!
TOUCHE LE VIIITE!

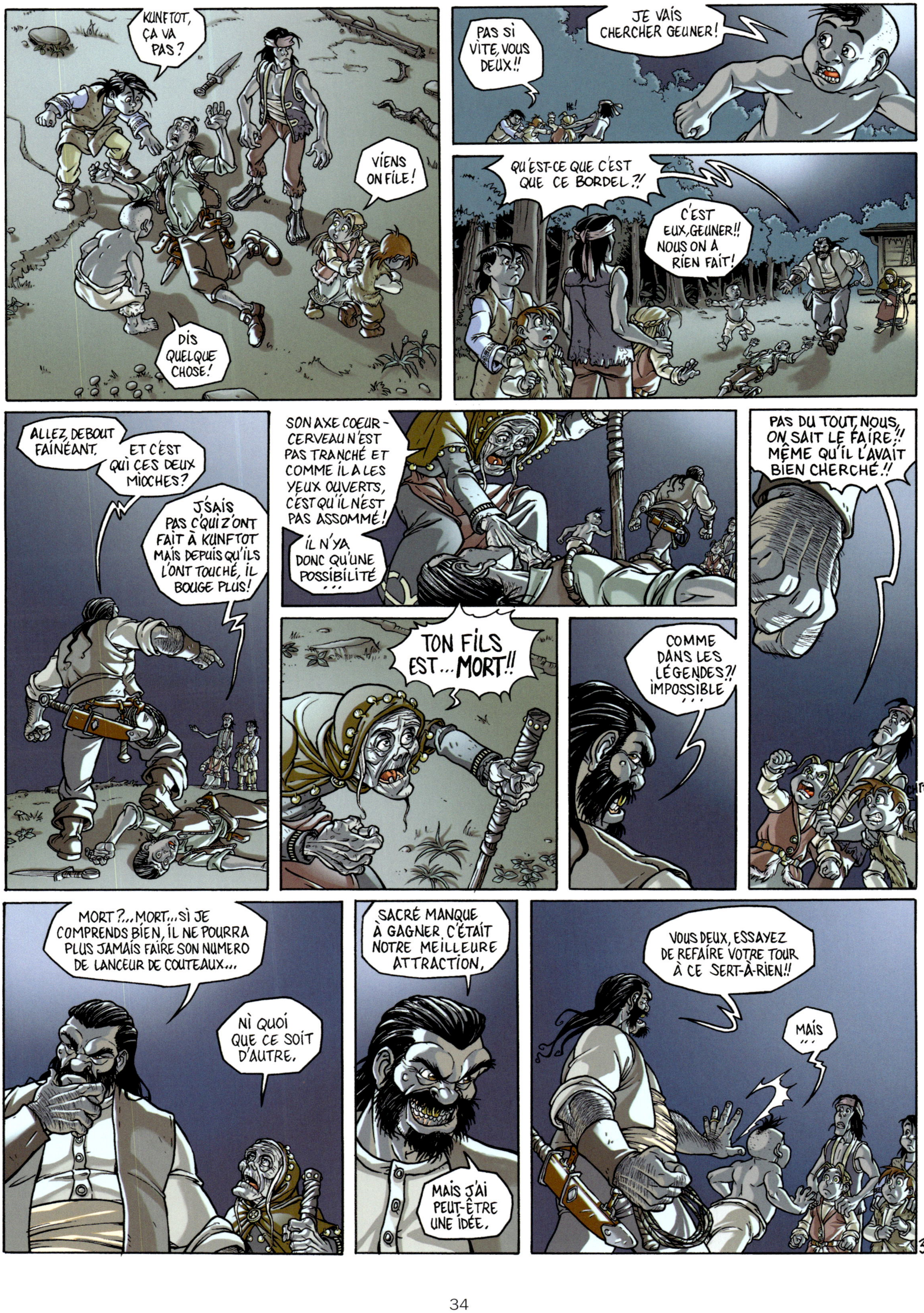
KUNFTOT, ÇA VA PAS ?
VIENS ON FILE !
DIS QUELQUE CHOSE !
PAS SI VITE, VOUS DEUX !!
JE VAIS CHERCHER GEUNER !
QU'EST-CE QUE C'EST QUE CE BORDEL ?!
C'EST EUX, GEUNER !! NOUS ON A RIEN FAIT !
ALLEZ, DEBOUT FAINÉANT.
ET C'EST QUI CES DEUX MIOCHES ?
J'SAIS PAS C'QU'Z'ONT FAIT À KUNFTOT MAIS DEPUIS QU'ILS L'ONT TOUCHÉ, IL BOUGE PLUS !
SON AXE COEUR-CERVEAU N'EST PAS TRANCHÉ ET COMME IL A LES YEUX OUVERTS, C'EST QU'IL N'EST PAS ASSOMMÉ !
IL N'Y A DONC QU'UNE POSSIBILITÉ...
PAS DU TOUT, NOUS, ON SAIT LE FAIRE !! MÊME QU'IL L'AVAIT BIEN CHERCHÉ !!
TON FILS EST... MORT !!
COMME DANS LES LÉGENDES ?! IMPOSSIBLE...
MORT ?... MORT... SI JE COMPRENDS BIEN, IL NE POURRA PLUS JAMAIS FAIRE SON NUMERO DE LANCEUR DE COUTEAUX...
NI QUOI QUE CE SOIT D'AUTRE.
SACRÉ MANQUE À GAGNER. C'ÉTAIT NOTRE MEILLEURE ATTRACTION.
MAIS J'AI PEUT-ÊTRE UNE IDÉE.
VOUS DEUX, ESSAYEZ DE REFAIRE VOTRE TOUR À CE SERT-À-RIEN !!
MAIS...
32.

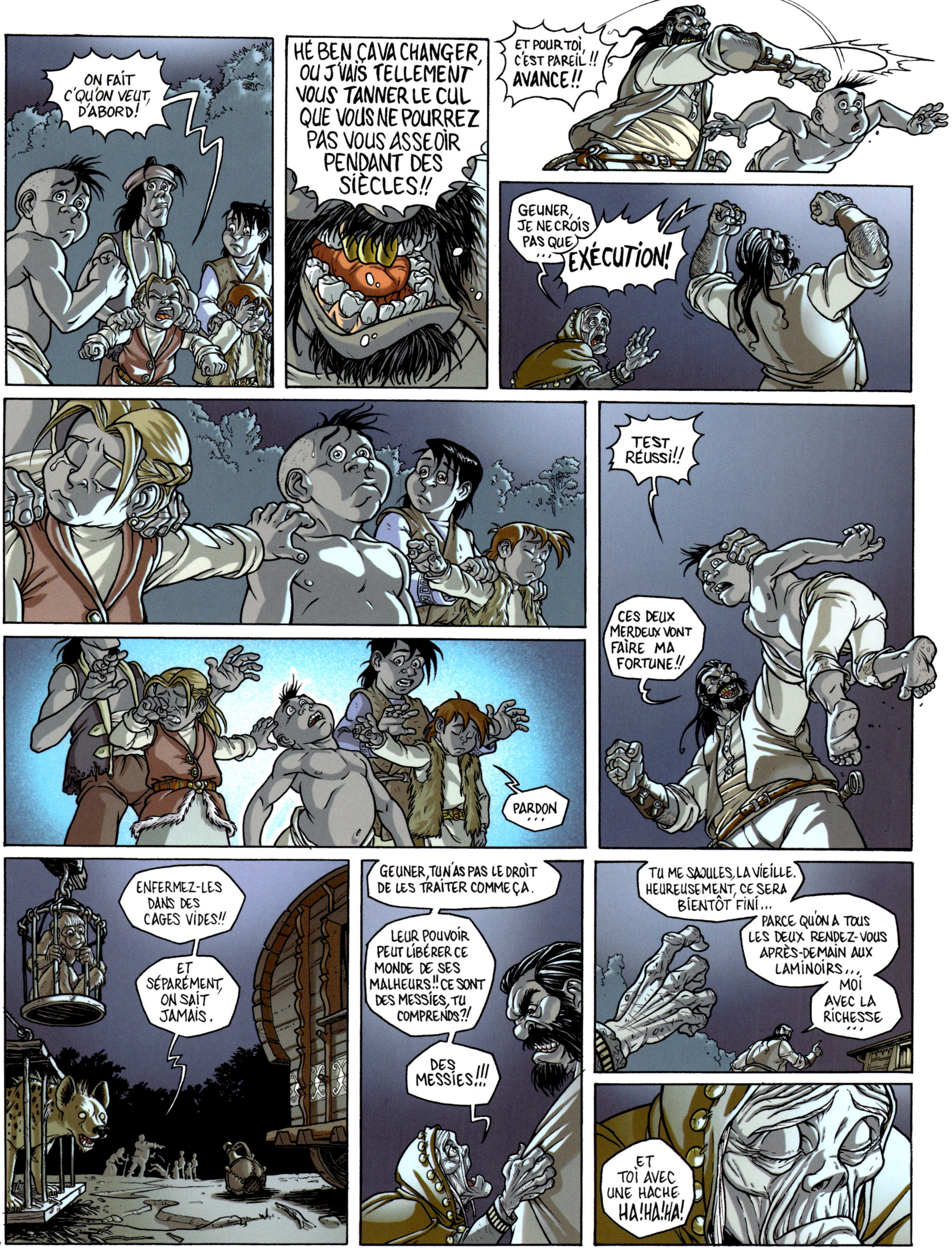
ON FAIT C'QU'ON VEUT, D'ABORD!
HÉ BEN ÇA VA CHANGER, OU J'VAIS TELLEMENT VOUS TANNER LE CUL QUE VOUS NE POURREZ PAS VOUS ASSEOIR PENDANT DES SIÈCLES!!
ET POUR TOI, C'EST PAREIL!! AVANCE!!
GEUNER, JE NE CROIS PAS QUE...
EXÉCUTION!
TEST RÉUSSI!!
CES DEUX MERDEUX VONT FAIRE MA FORTUNE!!
PARDON...
ENFERMEZ-LES DANS DES CAGES VIDES!!
ET SÉPARÉMENT, ON SAIT JAMAIS.
GEUNER, TU N'AS PAS LE DROIT DE LES TRAITER COMME ÇA.
LEUR POUVOIR PEUT LIBÉRER CE MONDE DE SES MALHEURS!! CE SONT DES MESSIES, TU COMPRENDS?!
DES MESSIES!!!
TU ME SAOULES, LA VIEILLE. HEUREUSEMENT, CE SERA BIENTÔT FINI...
PARCE QU'ON A TOUS LES DEUX RENDEZ-VOUS APRÈS-DEMAIN AUX LAMINOIRS...
MOI AVEC LA RICHESSE...
ET TOI AVEC UNE HACHE
HA!HA!HA!

33.

NULLE-PART!
J'AI BEAU FOUILLER, ILS NE SONT NULLE-PART!!
CES P'TITS SALOPARDS ONT MIS LES BOUTS!!
TU LES AS MÊME PAS ENTENDUS PARTIR TOI!! À PART BOUFFER COMME UN CHANCRE, TU NE SAIS PAS FAIRE GRAND CHOSE!
VOUS SAVEZ DANS QUELLE DIRECTION ILS SONT PARTIS, VOUS?!
KRA
ET L'AUTRE QUI NE SE RÉVEILLE TOUJOURS PAS!
SI SEULEMENT TU T'ÉTAIS OCCUPÉ D'EUX COMME TU DEVAIS, TOUT ÇA NE SERAIT PAS ARRIVÉ!
TU M'AVAIS RENDU ESPOIR MAIS MAINTENANT JE SUIS FOUTU...
FOUTU...
34

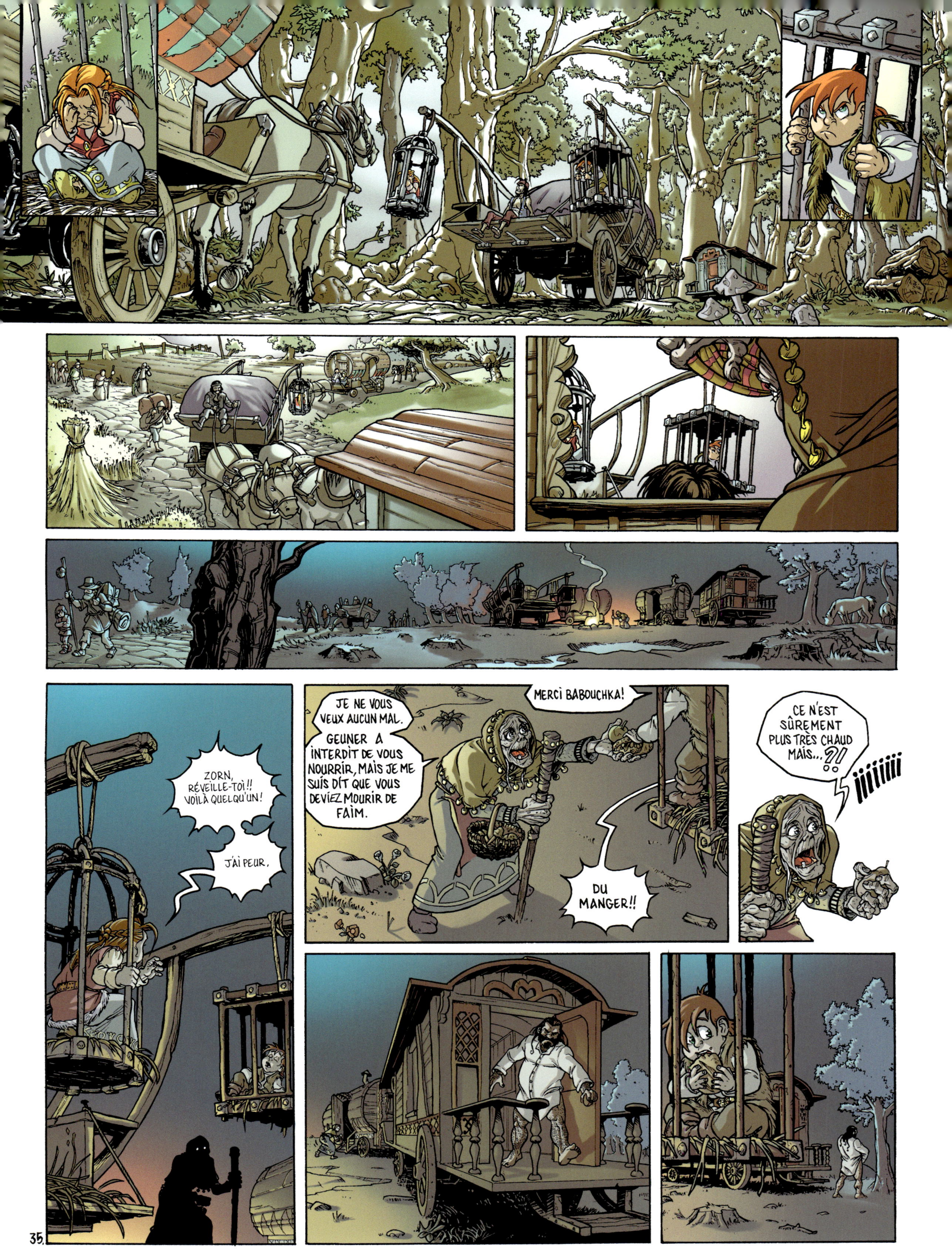
ZORN, RÉVEILLE-TOI!! VOILÀ QUELQU'UN!
J'AI PEUR.
JE NE VOUS VEUX AUCUN MAL.
GEUNER A INTERDIT DE VOUS NOURRIR, MAIS JE ME SUIS DIT QUE VOUS DEVIEZ MOURIR DE FAIM.
MERCI BABOUCHKA!
DU MANGER!!
CE N'EST SÛREMENT PLUS TRÈS CHAUD MAIS...?!
35.

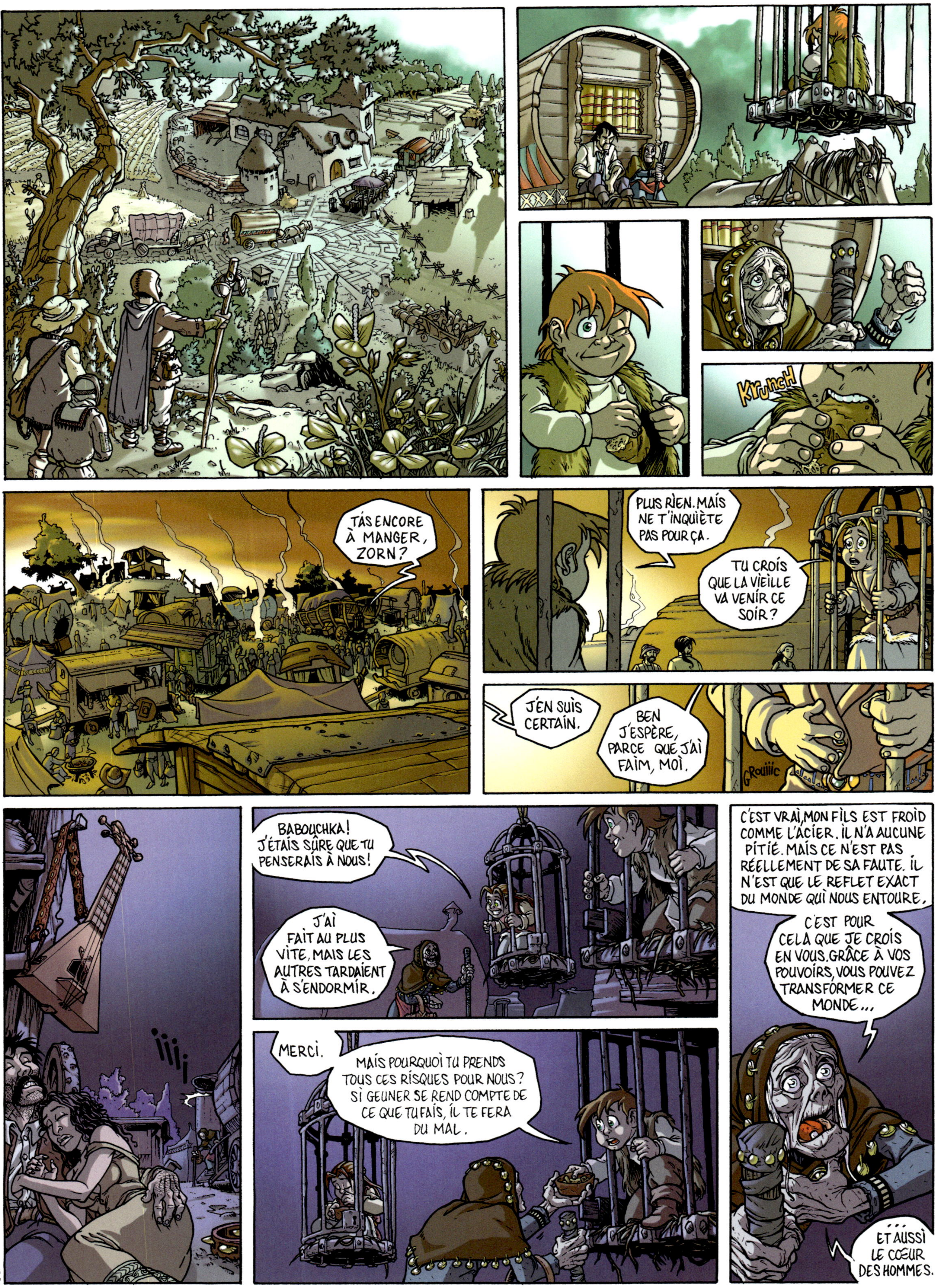
KRUNCH
T'AS ENCORE À MANGER, ZORN ?
PLUS RIEN. MAIS NE T'INQUIÈTE PAS POUR ÇA.
TU CROIS QUE LA VIEILLE VA VENIR CE SOIR ?
J'EN SUIS CERTAIN.
BEN J'ESPÈRE, PARCE QUE J'AI FAIM, MOI.
GROUIIC
BABOUCHKA ! J'ÉTAIS SÛRE QUE TU PENSERAIS À NOUS !
J'AI FAIT AU PLUS VITE, MAIS LES AUTRES TARDAIENT À S'ENDORMIR.
MERCI.
MAIS POURQUOI TU PRENDS TOUS CES RISQUES POUR NOUS ? SI GEUNER SE REND COMPTE DE CE QUE TU FAIS, IL TE FERA DU MAL.
C'EST VRAI, MON FILS EST FROID COMME L'ACIER. IL N'A AUCUNE PITIÉ. MAIS CE N'EST PAS RÉELLEMENT DE SA FAUTE. IL N'EST QUE LE REFLET EXACT DU MONDE QUI NOUS ENTOURE.
C'EST POUR CELA QUE JE CROIS EN VOUS. GRÂCE À VOS POUVOIRS, VOUS POUVEZ TRANSFORMER CE MONDE...
... ET AUSSI LE CŒUR DES HOMMES.
36

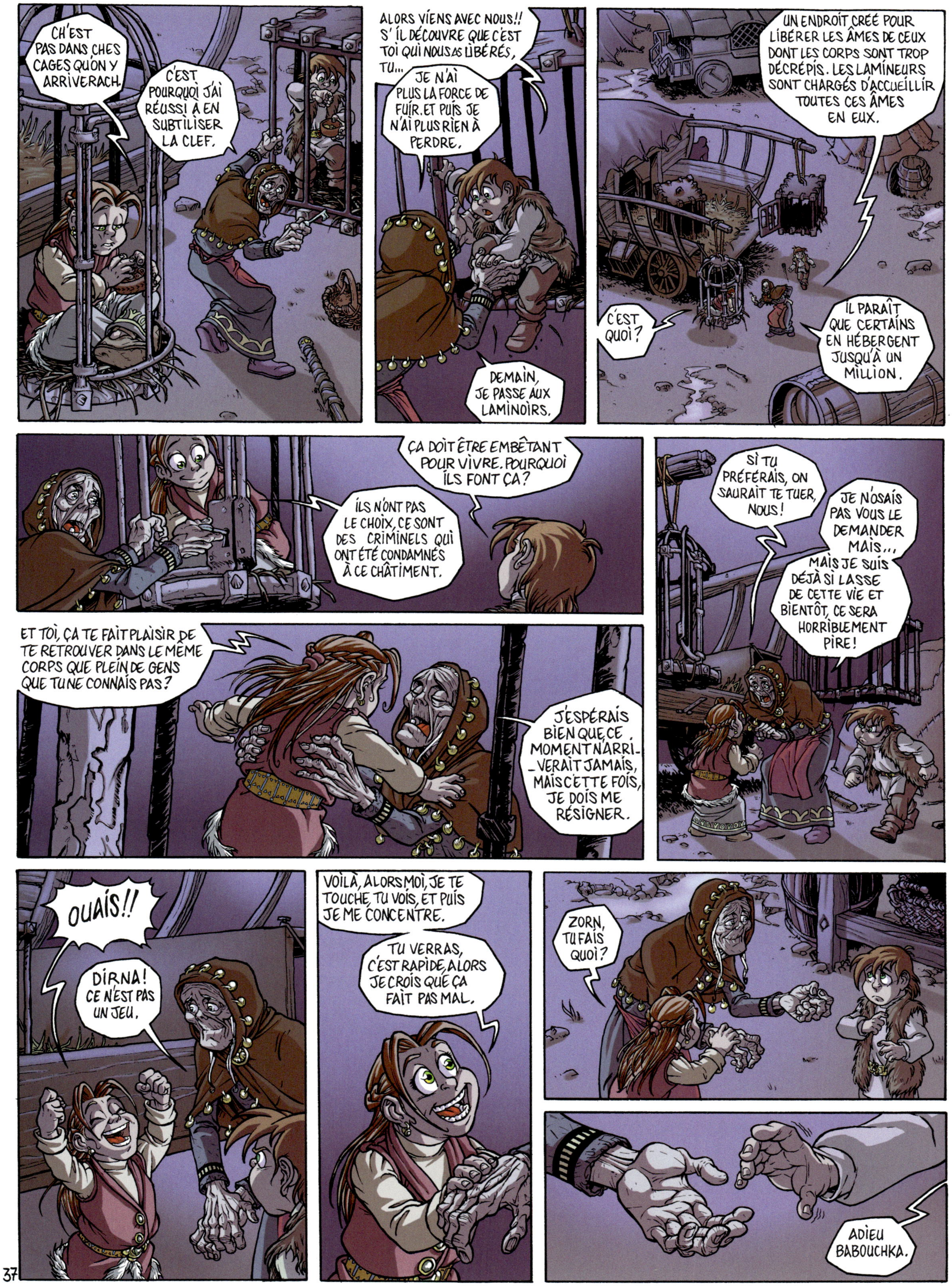

CH'EST PAS DANS CHES CAGES QU'ON Y ARRIVERACH.
C'EST POURQUOI J'AI RÉUSSI À EN SUBTILISER LA CLEF.
ALORS VIENS AVEC NOUS !! S'IL DÉCOUVRE QUE C'EST TOI QUI NOUS AS LIBÉRÉS, TU...
JE N'AI PLUS LA FORCE DE FUIR. ET PUIS JE N'AI PLUS RIEN À PERDRE.
DEMAIN, JE PASSE AUX LAMINOIRS.
C'EST QUOI ?
UN ENDROIT CRÉÉ POUR LIBÉRER LES ÂMES DE CEUX DONT LES CORPS SONT TROP DÉCRÉPIS. LES LAMINEURS SONT CHARGÉS D'ACCUEILLIR TOUTES CES ÂMES EN EUX.
IL PARAÎT QUE CERTAINS EN HÉBERGENT JUSQU'À UN MILLION.
ÇA DOIT ÊTRE EMBÊTANT POUR VIVRE. POURQUOI ILS FONT ÇA ?
ILS N'ONT PAS LE CHOIX, CE SONT DES CRIMINELS QUI ONT ÉTÉ CONDAMNÉS À CE CHÂTIMENT.
SI TU PRÉFÉRAIS, ON SAURAIT TE TUER, NOUS !
JE N'OSAIS PAS VOUS LE DEMANDER MAIS...
MAIS JE SUIS DÉJÀ SI LASSE DE CETTE VIE ET BIENTÔT, CE SERA HORRIBLEMENT PIRE !
ET TOI, ÇA TE FAIT PLAISIR DE TE RETROUVER DANS LE MÊME CORPS QUE PLEIN DE GENS QUE TU NE CONNAIS PAS ?
J'ESPÉRAIS BIEN QUE CE MOMENT N'ARRIVERAIT JAMAIS, MAIS CETTE FOIS, JE DOIS ME RÉSIGNER.
OUAIS !!
DIRNA ! CE N'EST PAS UN JEU.
VOILÀ, ALORS MOI, JE TE TOUCHE, TU VOIS, ET PUIS JE ME CONCENTRE.
TU VERRAS, C'EST RAPIDE, ALORS JE CROIS QUE ÇA FAIT PAS MAL.
ZORN, TU FAIS QUOI ?
ADIEU BABOUCHKA.
37

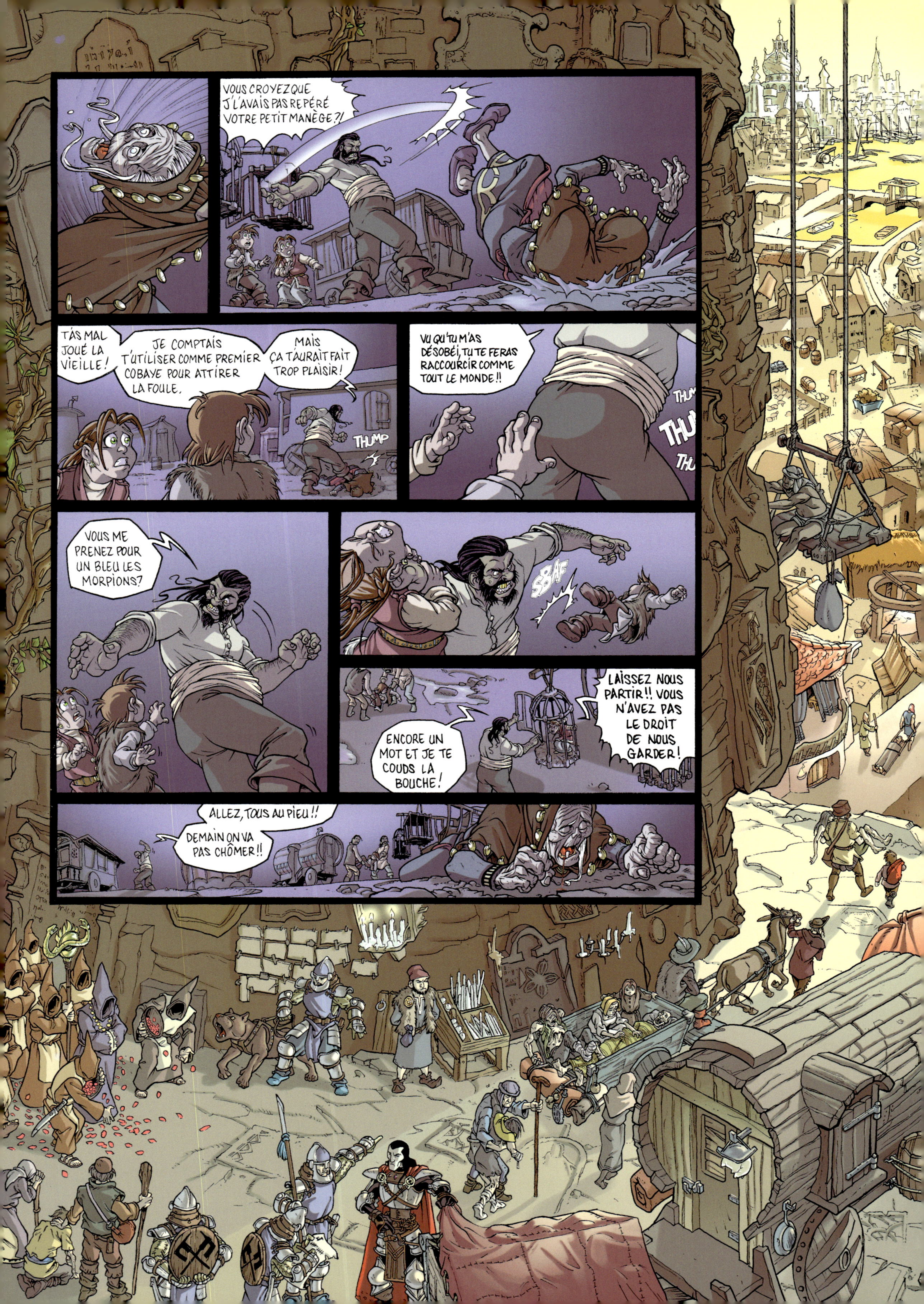
VOUS CROYEZ QUE J'L'AVAIS PAS REPÉRÉ VOTRE PETIT MANÈGE ?!
T'AS MAL JOUÉ LA VIEILLE !
JE COMPTAIS T'UTILISER COMME PREMIER COBAYE POUR ATTIRER LA FOULE.
MAIS ÇA T'AURAIT FAIT TROP PLAISIR !
THUMP
VU QU'TU M'AS DÉSOBÉI, TU TE FERAS RACCOURCIR COMME TOUT LE MONDE !!
THUMP
THUMP
VOUS ME PRENEZ POUR UN BLEU LES MORPIONS ?
SBAF
LAISSEZ NOUS PARTIR !! VOUS N'AVEZ PAS LE DROIT DE NOUS GARDER !
ENCORE UN MOT ET JE TE COUDS LA BOUCHE !
ALLEZ, TOUS AU PIEU !!
DEMAIN ON VA PAS CHÔMER !!

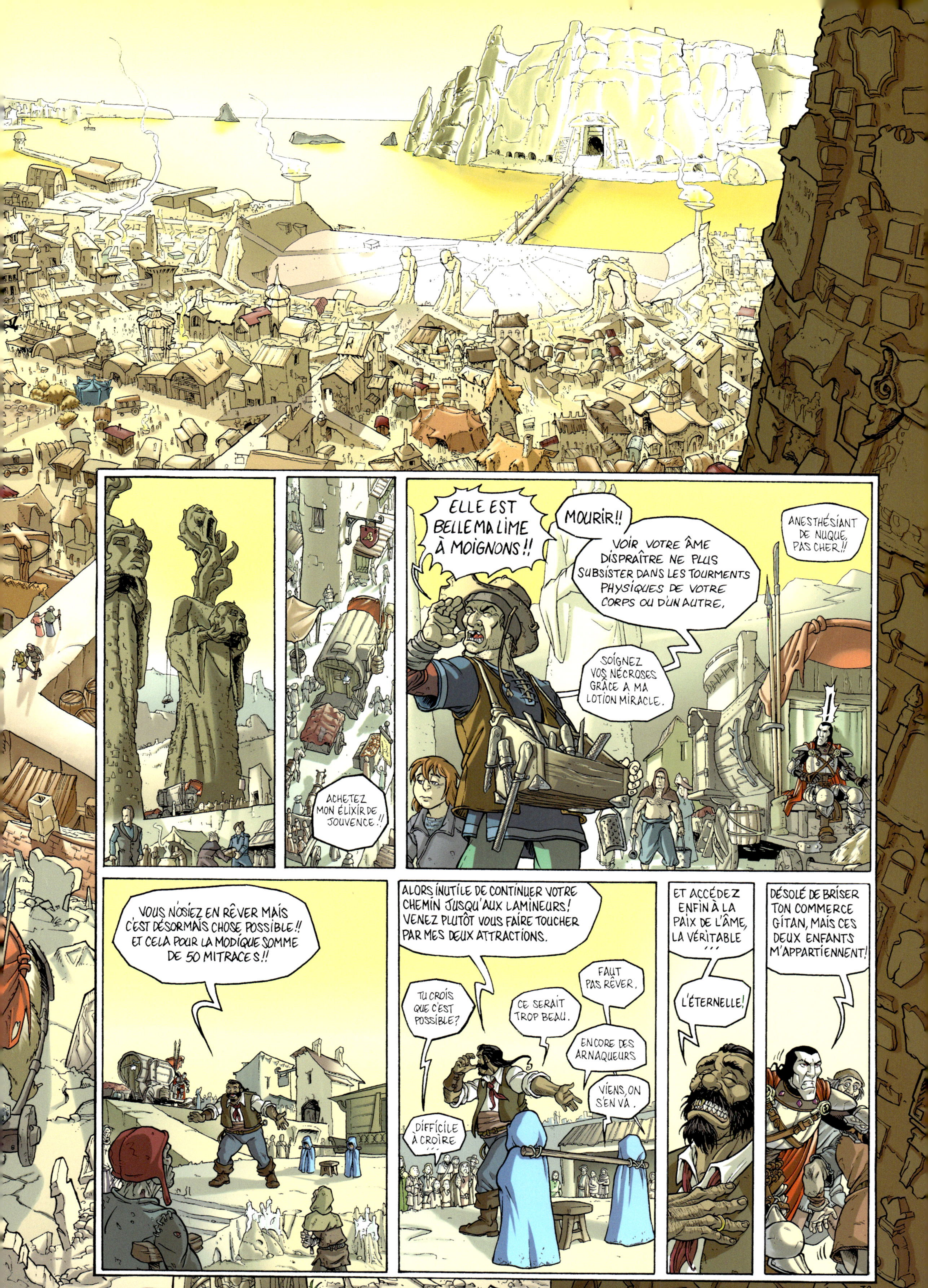

ACHETEZ MON ÉLIXIR DE JOUVENCE!!
ELLE EST BELLE MA LIME À MOIGNONS!!
MOURIR!!
VOIR VOTRE ÂME DISPRAÎTRE NE PLUS SUBSISTER DANS LES TOURMENTS PHYSIQUES DE VOTRE CORPS OU D'UN AUTRE,
SOIGNEZ VOS NÉCROSES GRÂCE A MA LOTION MIRACLE.
ANESTHÉSIANT DE NUQUE, PAS CHER!!
!
VOUS N'OSIEZ EN RÊVER MAIS C'EST DÉSORMAIS CHOSE POSSIBLE!! ET CELA POUR LA MODIQUE SOMME DE 50 MITRACES!!
ALORS INUTILE DE CONTINUER VOTRE CHEMIN JUSQU'AUX LAMINEURS! VENEZ PLUTÔT VOUS FAIRE TOUCHER PAR MES DEUX ATTRACTIONS.
TU CROIS QUE C'EST POSSIBLE?
DIFFICILE À CROIRE ...
CE SERAIT TROP BEAU.
FAUT PAS RÊVER.
ENCORE DES ARNAQUEURS
VIENS, ON S'EN VA.
ET ACCÉDEZ ENFIN À LA PAIX DE L'ÂME, LA VÉRITABLE ...
L'ÉTERNELLE!
DÉSOLÉ DE BRISER TON COMMERCE GITAN, MAIS CES DEUX ENFANTS M'APPARTIENNENT!

LAISSE PASSER SELDNÖR, BOUSEUX.
J'AI VRAIMENT CRAINT DE VOUS AVOIR PERDUS. NE ME REFAITES JAMAIS CE COUP-LÀ!
ERKEN NE S'EST TOUJOURS PAS ÉVEILLÉ MAIS...
POUR QUI TU T'PRENDS, L'AMI?
PAS POUR UN ESSUIE-MAINS EN TOUT CAS.
PEUH
K-CLIK
KLAKT
KLING
RAAAAA!!!
40

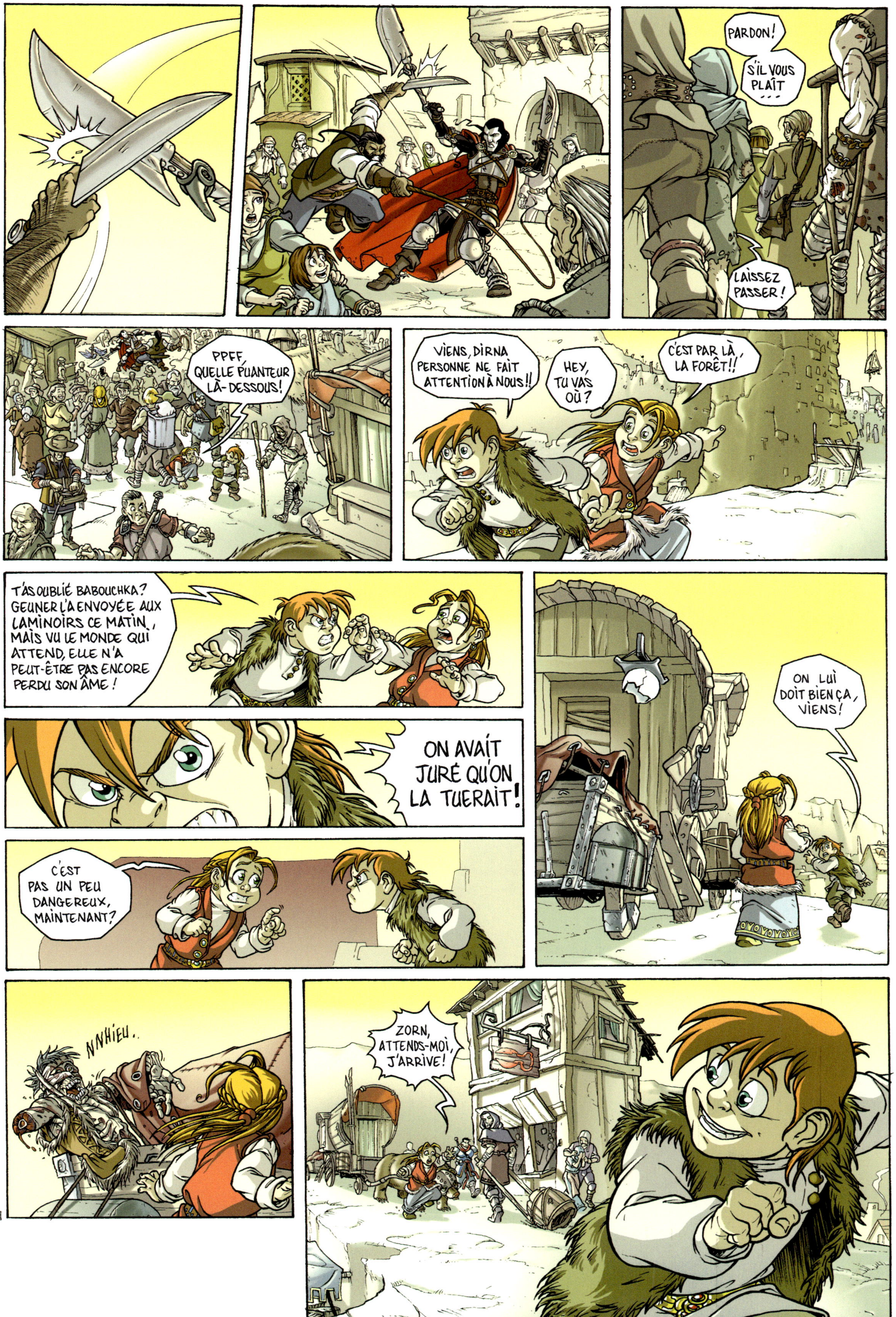
PARDON !
S'IL VOUS PLAÎT...
LAISSEZ PASSER !
PPFF, QUELLE PUANTEUR LÀ-DESSOUS !
VIENS, DIRNA PERSONNE NE FAIT ATTENTION À NOUS !!
HEY, TU VAS OÙ ?
C'EST PAR LÀ, LA FORÊT !!
T'AS OUBLIÉ BABOUCHKA ? GEUNER L'A ENVOYÉE AUX LAMINOIRS CE MATIN, MAIS VU LE MONDE QUI ATTEND, ELLE N'A PEUT-ÊTRE PAS ENCORE PERDU SON ÂME !
ON AVAIT JURÉ QU'ON LA TUERAIT !
C'EST PAS UN PEU DANGEREUX, MAINTENANT ?
ON LUI DOIT BIEN ÇA, VIENS !
NNHIEU..
ZORN, ATTENDS-MOI, J'ARRIVE !

FOUAHH... T'AS VU LE PEUPLE ? ON LA RETROUVERA JAMAIS !
REGARDE SI TU L'APERÇOIS DANS LA FILE DES NANTIS !
MOI, JE CHERCHE PARMI LES VILAINS !
ET SI ELLE EST DÉJÀ RENTRÉE ?
ON ESSAIERA DE LA TROUVER À L'INTÉRIEUR, POURQUOI ?
POUR RIEN...
J'AURAIS DÛ M'EN DOUTER.
OH, ON SE CALME !
FAITES LA QUEUE COMME TOUT LE MONDE !
POUSSEZ PAS !!
42

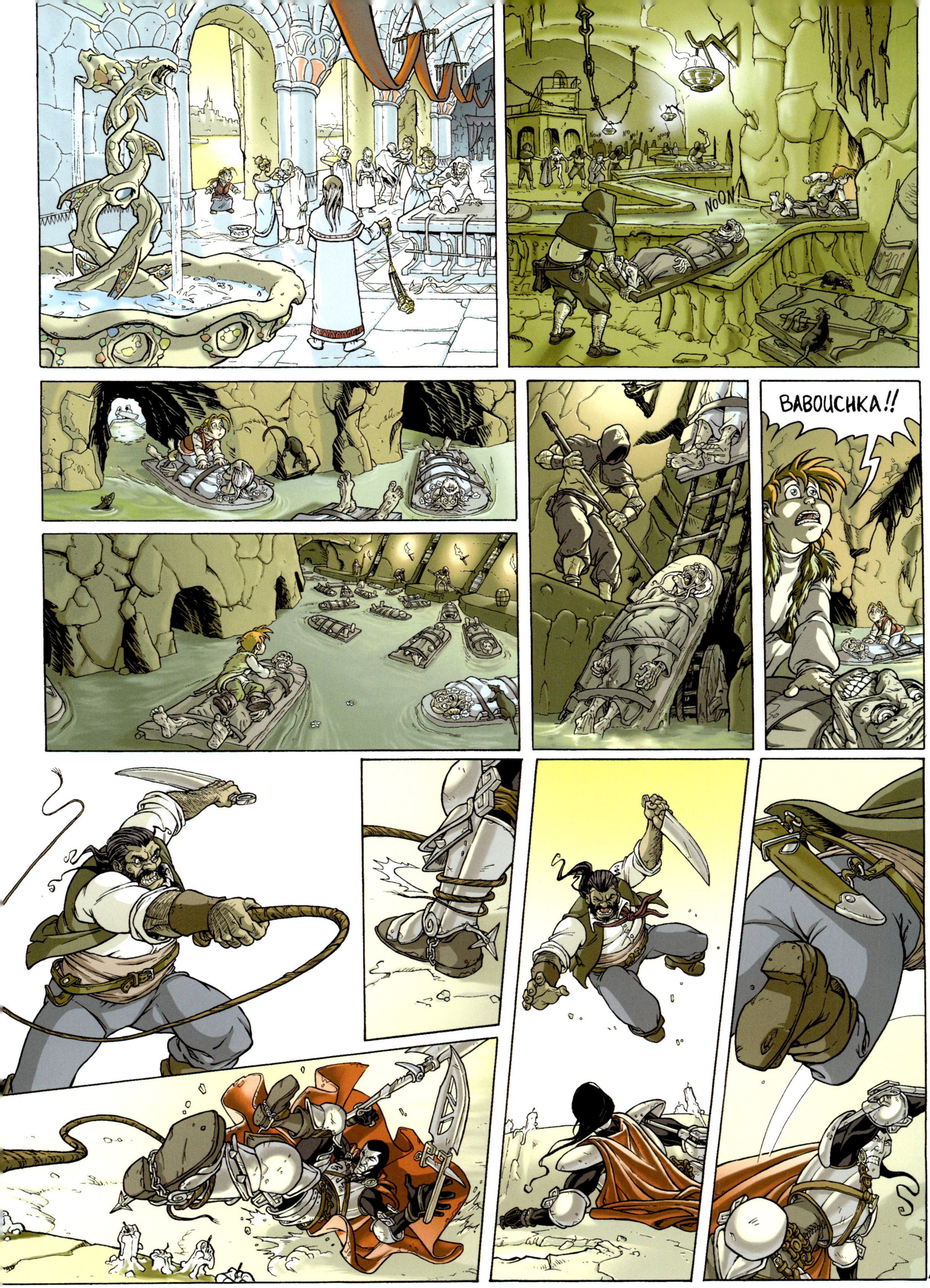
NoON!
BABOUCHKA !!
43

FAIS COMME MOI, DÍRNA!!
ON PEUT ENCORE L'ATTEINDRE!
AAA
AAAAAA!!
NIAAA!!
AAA!!
AAAA!!
NOO!
HIIII!!
AAH!!
AAAAA!!
AAAA

...
...
AAHAAA!
AAAAA
AAAA
BABOUCHKA, CALMEZ-VOUS! JE VOUS EN PRIE.
...
DÉGAGEZ DE MA ROUTE!!
C'EST NOUS, ZORN ET DIRNA, VOUS VOUS SOUVENEZ?
LES ENFANTS!
JE N'EN PEUX PLUS DE TOUTES CES HORREURS!! SAUVEZ-MOI!
NOON!
SAUVEZ-MOI, JE VOUS EN PRIE!!!
NOUS SOMMES LÀ POUR ÇA.
DIRNA, TA MAIN...
PAIX À VOTRE ÂME BABOUCHKA.
MERCI ...

Morvan - Bessadi - Trannoy - Color Twins - Novembre 1998 / Mars 2001